Full House

풀하우스

Full House　　메이브 빈치 소설　이은선 옮김　　*Maeve Binchy*

문학동네

세상 모든 남자들 가운데 가장 마음이 따뜻한,
사랑하는 고든에게 바친다.

1장

디 놀런에게 오늘은 긴 하루였다. 그녀는 새벽 네시에 일어나 부엌을 얼른 치운 다음 세인트잘라스 크레센트 입구로 가서 조시를 기다렸다. 조시는 밴을 몰고 네시 삼십분 정각에 등장했다. 밴에는 청소기와 청소용품이 가득 실려 있었다.

조시와 디는 'J. D. 청소대행' 대표였다.

다섯시부터 일곱시까지는 사무실을 청소했다. 그런 다음 아파트 단지로 이동해 복도와 계단과 층계참을 청소했다. 사무실보다 덜 지저분했기 때문에 디는 아파트 청소를 좋아했다. 부드럽고 두툼한 카펫을 청소기로 밀고 걸레받이를 닦기만 하면 됐다.

조시는 그 옛날 보드빌 극장의 노래를 혼자 흥얼거리곤 했다. 그러면 시간이 더 빨리 지나갔다. 디는 명랑하게 청소를 하며 이런 데서 살거나 근무하면 어떤 느낌일지 혼자 상상하곤 했다.

J. D. 청소대행은 아홉시부터 한시까지 주택 청소를 했기 때문에 디는 이렇게 쾌적한 데서 살면 어떤 느낌일지 때로 엿볼 수 있었다. 그들은 교도관보다 열쇠를 더 많이 들고 다녔고, 집들은 어질러진 정도가 제각각이었다. 예컨대 소니아는 진짜 칠칠치 못한 여자였다. 옷을 온 사방에 벗어놓았다. 전등갓에 브래지어가 걸쳐져 있던 적도 있었다. 젖은 수건은 항상 물이 고인 화장실 바닥에 던져놓았다. 집안 곳곳에서 식사를 하는지 방마다 지저분한 접시가 놓여 있었다.

이런 쪽지를 남기기도 했다.

안녕하세요.
빨아야 하는 시트와 옷은 모두 근처 세탁소에 맡겨주세요. 감사합니다, 아주머니들은 천사예요……

소니아가 그들을 보거나 만나거나 고맙다고 인사하거나 크리스마스라고 술을 사준 적은 한 번도 없었다. 요즘은 은행에서 자동 이체됐다. 어딘가에 돈 많은 부모가 살고 있는 모양이었다. 세상에는 이렇게 쉽게 사는 사람들도 있었다.

그런가 하면 미스 메이슨 같은 사람도 있었다. 그녀는 청소부가 오기 전에 집안 청소를 했다. 그래서 그들은 근사한 사이드 보드를 윤이 날 때까지 닦고, 그 위에다 유리그릇을 진열하는 데 온갖 정성을 쏟을 수 있었다. 미스 메이슨은 외로운 퇴직자였고 수다를 청소만큼이나 좋아했다―어쩌면 더 좋아할지도 몰랐다. 그녀는 디의 남편 리엄과 세 아이 로지, 앤서니, 헬렌에 대해 모르는 게 없었다. 밴드 활동을 하는 조시의 남편 해리와, 조시의 삶의 빛이라 할 수 있는 반려견 페퍼에 대해서도 마찬가지였다.

그들이 청소를 해주는 다른 사람들은 거의 모르는 사이나 다름없었다. 텔레비전에 나오는 방송인도 한 명 있었다. 그녀의 아파트 재활용품 상자에 보드카 병이 얼마나 많이 버려져 있는지 알면 사람들이 깜짝 놀랄 것이다.

이렇게 하루 여덟 시간씩 청소를 했다. 최저 시급을 받으면서. 그들에게는 밴과 회사 이름이 적힌 명함이 있었지만 소용없었다. 집집마다 찾아다니며 그들보다 더 저렴한 비용으로 청소 서비스를 제공하겠다는 사람들이 항상 있었다. 고객들은 언제나 좀더 저렴하게 일을 맡기고 싶어했다. 정말 으리으리한 저택에 사는 사람들일지라도.

디는 그 점이 항상 의아했다. 자신에게 돈이 그렇게나 많다면 인심 좋게 최저 시급보다 훨씬 많은 보수를 주며 사람들을 독려할 것이다. 그저 지금 하는 생각에 불과할지도 모르지만……

한시가 되면 조시와 디는 할인점에 가서 세일 품목으로 장바
구니를 가득 채웠다. 그런 다음 둘이서 발굴한, 제법 괜찮고 저
렴한 식당에서 수프와 샌드위치를 먹었다. 체구가 아담하고 금
발인 사십대의 명랑한 두 여자. 사람들은 종종 그들을 보며 미소
를 지었고 합석하자고 불렀다. 하지만 조시와 디는 그렇게 여유
를 부릴 시간이 없었다. 둘 다 빨리 집에 가야 해서 마음이 급했
다. 하루가 끝나려면 아직 멀었다. 그들은 웃으며 손을 흔들고
밴에 올라타곤 했다.

조시는 세인트잘라스 크레센트 입구에 디를 내려주고, 페퍼
를 데리고 공원 산책을 나서기 위해 집으로 차를 몰았다. 그러고
나면 해리가 요즘 하고 있는 뭔지 모를 일을 마치고 언젠지 모를
시각에 퇴근해서 먹을 수 있게 간단한 저녁을 준비할 것이다. 차
에서 내린 디는 북적거리는 집을 향해 걸음을 옮겼다.

원래 이렇게 북적북적하게 살 생각은 없었다. 디와 리엄은 아
이들이 하나둘씩 집을 떠나서 그들을 주말에나 볼 수 있을 줄 알
았다. 첫 단추는 지극히 정상적으로 꿰어졌다. 로지가 스물두 살
의 나이에 결혼을 했다. 하지만 이제 스물다섯인 그녀는 결혼생
활이 끝났다고, 로넌은 개차반이었다고 선포했다. 그러고는 애
초에 떠나지 말았어야 했던, 세인트잘라스 크레센트의 집으로
돌아왔다.

로지는 교사로 근무하는 여동생 헬렌과 예전처럼 한방을 썼다. 헬렌은 집을 떠나 독립한 적이 없었다. 그녀는 이상과 희망으로 가득찬 몽상가였다. 제자들을 위해서라면 못할 게 없었다.

　앤서니는 필수 코스처럼 되어버린 세계 여행을 다녀오느라 일 년 동안 집을 떠나 있었다. 그는 어머니가 캄보디아에 가본 적 없다는 걸, 아버지가 오스트레일리아까지 가본 적 없다는 걸 놀라워했다. 앤서니는 뮤지션이었다. 곡을 쓰고 기타로 연주했다. 그가 부엌 식탁이나 자기 방에서 연주를 녹음해 유튜브에 올리는 소리가 날마다 몇 시간씩 들렸다. 언젠가는, 어디에선가 누군가가 그의 노래를 들을지도 몰랐다. 위대한 천재들은 모두 그런 식으로 발굴됐다.

　디는 아이들 모두를 사랑했다. 그들 삼남매는 누구라도 사랑할 수밖에 없었다. 하지만 오늘처럼 가끔은 조용한 집으로 돌아가고 싶은 날도 있었다. 퇴근한 리엄이 차를 한 잔 끓여줄 때까지 다리를 어딘가에 올려놓고 좀 쉬고 싶은 날이. 그럴 겨를은 없을 것이었다.

　여덟 시간 동안 남의 집을 청소한 디 놀런은 이제 자기 집 청소를 시작해야 했다.

　오늘 새벽 네시 삼십분에 디는 세탁기 옆에 어마어마하게 쌓여 있는 옷 뭉치를 언뜻 보았다. 깨끗해 보였으니 다려야 하는 옷이라는 뜻이었다. 금주의 세일 품목이었던 저지방 요구르트를 모두 넣으려면 냉장고도 조금 치워야 했다. 아이리시 스튜를 끓이려고 양고기를 샀으니 그걸 토막 내고 채소도 썰어야 했다. 그러려면 어딘가에 다리를 올려놓고 차를 마실 시간은 없었다.

그녀는 동네 사람들에게 인사를 건네며 16번지를 향해 갔다.

노엘과 페이스 린치 부부가 마당 문 앞에 서 있었다. 그들 부부는 얼마 전에 노엘의 부모와 한동네에 집을 장만했다. 어린 딸 프랭키가 울타리 앞에서 놀고 있었다. 디는 프랭키가 이십 년 뒤에도 그 집에서 살고 있을지 궁금해졌다. 그 아이의 부모도 다른 많은 사람들처럼, 낯설지만 평화로운 빈 둥지를 경험할 날이 있을까?

디는 리지 스칼렛의 집 앞을 지났다. 리지는 집에 없었다. 그녀는 낮 동안 엔니오의 식당에서 일하는데, 그녀의 손녀딸이 그 집 아들 마르코와 약혼한 사이였다. 디와 오래전부터 알고 지낸 리지는 남편 머티와 사별하고 몇 년 동안 혼자서 조용히 지냈다. 그 집에서는 어딘가에 다리를 올려놓고 차를 마실 시간이 넘쳐나겠지, 디는 생각하며 부러워했다. 리지의 아이들은 전부 안정적으로 독립했고 그녀의 보살핌을 기대하지 않았다.

집에 들어가니 온 가족이 식탁에 앉아 있었다. 식탁에 접시가 가득했다. 다 같이 점심을 먹으려고 한자리에 모였을 것이다. 냄비 가장자리에 토마토소스가 말라붙은 걸 보니 파스타를 해 먹은 모양이었다. 소스가 레인지 위로 떨어져서 탄 자국을 긁어내야 할 듯했다.

디가 저녁에 내놓으려고 했던 애플 타르트도 다 먹어치웠다. 남은 우유도 없었다. 오늘 아침에 적어도 1리터는 남아 있었는데. 다 먹은 비스킷 봉지가 굴러다녔다.

"다들 잘 지내고 있었어?" 디는 이를 악물고서 명랑한 목소리로 물었다.

"엄마는 오늘 일 끝나서 좋으시겠다."

로지는 쉬는 시간에 느지막이 점심을 먹으려고 집에 들른 듯했다. 그녀는 쇼핑몰에서 고객들에게 무료로 메이크업을 해주는 일을 했다. 화장품을 살 것 같은 여자를 골라서 파운데이션과 블러셔와 아이섀도를 발라주었다. 그러고는 고객들이 구매한 대금의 일부를 수수료로 받았다. 제대로 된 일자리는 아니었다. 수많은 여자들에게 황갈색의 이 제품 아니면 반짝이는 저 제품을 사야만 한다고 설득해야 수입을 어느 정도 챙길 수 있었다.

"가엾은 우리 엄마. 우리는 전부 자고 있는데 꼭두새벽에 일어나셨을 거 아냐." 헬렌이 마지막 비스킷을 집어먹으며 말했다. 디가 보니 찻주전자에 남은 차가 없었다.

"선생님들이 부럽다." 로지가 투덜거렸다. "해마다 몇 달씩

방학 때 쉬고 대낮에 집에 있을 수 있고."

앤서니도 점심을 챙겨 먹은 듯했다. 빈 접시 위에 칼과 포크가 놓여 있었다. 늘 그러듯 아이팟인지 뭔지 모를 것을 보느라 고개를 숙이고 있으니 디의 눈에 보이는 것이라고는 앤서니의 머리꼭지뿐이었다. 디는 지난 몇 년 동안 앤서니의 머리통과 가르마를 너무 자주 보았다. 거기다 대고 뭘 물어봤고, 거기다 대고 벗은 옷은 세탁기에 넣으라고 주의를 주었다. 마당 청소를 하거나 현관문을 산뜻하게 칠하는 데 좀더 참여하면 어떻겠느냐는 말도 거기다 대고 했다. 앤서니는 항상 맞는 말이라는 듯 머리통을 열심히 주억거렸지만 시선은 눈앞의 조그만 화면을 떠날 줄 몰랐다.

디는 뼛속까지 피곤했다. 그녀는 식탁 앞에 앉았다. 리엄이 차를 새로 끓여주려고 자리에서 일어났다. 그의 움직임이 어딘지 모르게 불안했다. 아주 천천히 걸었다. 주전자에 물을 넣고 찻주전자를 헹구는 모든 동작에서 신중을 기하는 분위기가 풍겼다.

"일찍 퇴근했네, 리엄?" 디가 물었다.

그가 몸이 안 좋거나 해서 조퇴한 건 아니길 바랐다. 리엄은 매시 매켄이라는 소규모 건축업자 밑에서 전기기술자로 근무했다. 거의 이십 년 동안 근속하고 있었다. 건실한 회사에서 번듯한 동료들과 즐겁게 일을 했다.

디는 점점 커지는 불안감을 달래며 딱딱하고 이상한 남편의 몸놀림을 지켜보았다.

"사장님이 전 직원을 두시에 퇴근시켰어. 일곱시에 술을 산다고 해서 저녁은 밖에서 먹을 거야." 그가 말했다.

"술을 산다고? 주중에?" 디로서는 놀라운 일이었다.

"사장님 말로는 그래." 리엄은 말을 아꼈다.

아이들은 이상한 낌새를 알아채지 못한 눈치였다. 로지는 하품을 하며 돋보기 거울에 대고 이미 흠잡을 데 없는 얼굴을 살폈다. 헬렌은 파리를 소개하는 브로슈어를 앞에 펼쳐놓고 학교 수학여행 계획을 짜는 중이었다. 앤서니는 문자를 보내느라 여념이 없었다.

"나 2층으로 올라갈 테니까 거기로 차 가져다줄래, 리엄?" 디가 말했다. 방에서는 대화를 나눌 수 있을 것이었다.

그는 고개를 끄덕이고 머그잔 두 개를 쟁반에 챙겼다.

그녀는 사온 식료품을 정리하지 않았다. 요구르트를 냉장고에 당장 넣지 않은들, 빵을 큼지막한 밀폐용기에 담지 않은들 무슨 상관일까? 비스킷을 플라스틱 통에 넣은들 십 분 뒤에 누가 내려와서 꺼내 먹으면 그길로 도루묵이었다.

두 사람은 거리가 내다보이는 2층 침실로 올라가 원형 테이블을 사이에 두고 조그만 의자에 앉았다. 디가 어렸을 때 어머니가 말하길 침실에 천을 씌운 테이블을 놓는 것이야말로 품격의 상징이라고 했다. 특히 큰방의 경우 그렇다고 했다. 요즘도 부부 침실을 가리켜 큰방이라고 부르는 사람들이 있었다. 디와 리엄 은 그 말을 들으면 웃음을 터뜨리곤 했다. 그들의 방은 별로 큰 방 같은 구석이 없었다.

방안에는 양옆으로 붙박이장이 있고 그 사이에 큰 침대가 있었다. 붙박이장 안에는 트렁크가 있었지만 그들은 더이상 여행을 떠나지 않았고, 살사댄스용 의상이 있었지만 디는 이제 그 수업을 듣지 않았다. 댄스 수업은 너무 피곤해서 들을 수가 없었고, 여행은 돈이 너무 많이 들어서 갈 수가 없었다.

벽에는 신혼여행으로 다녀온 시칠리아의 타오르미나 포스터와 오래전에 온 가족이 여행을 갔을 때 마요르카에서 산 스페인 모자가 걸려 있었다. 그걸 보면 항상 웃음이 났다.

오늘 그들은 차를 마시며 웃지 않았다. 둘 다 심란한 표정을 짓고 있었다.

"왜 그래, 리엄?" 마침내 디가 물었다.

"사장님 때문에. 회사가 망했어. 모든 게 끝나버렸어." 그의 얼굴은 황량하고 공허해 보였다.

"매시 매켄한테 문제가 생겼다고? 그럴 리가. 맡은 일이 엄청 많지 않았어?"

"그랬지. 그런데 대금을 못 받고 있어. 불경기 때문에. 우리가 지은 타운하우스 열네 채 알지?"

"알지. 엄청 근사하지 않았어?"

"응. 하지만 그것도 옛날이야기가 돼버렸어. 그걸 개발한 업자가 무일푼이더라고. 사장님한테 미안하다는 편지 한 통 남기고 잉글랜드로 도망쳐버렸어. 미안하다면 다야? 우리는 그거 하나만 바라보고 있었는데."

"착수금이나 뭐 그런 거 선불로 안 받았대? 전혀?" 디는 뱃속이 차갑게 뭉치기 시작하는 느낌이 들었다.

"어떤 식인지 당신도 알잖아. 사장님이 솔직하게 얘기하더라고. 이자가 그때까지 맡긴 일이 워낙 많았고 항상 완납했었다고. 그래서 착수금을 요구하는 게 면전에 대고 침을 뱉는 것 같았다고."

"그랬다가 이렇게 된 거야? 그래서 직원들을 내보내겠대? 아니면 전원 단축 근무를 실시한대?" 디는 리엄의 표정을 살피며 답을 찾았다. 하지만 디는 그럴 필요가 없었다.

"오늘 저녁에 남은 임금을 지불하고 뭐든 있는 대로 전부 팔아서 배분하겠대. 얼마 되지는 않을 거야. 요즘 건설업계가 불황이라. 그런 다음 오스트레일리아에 있는 딸네 집으로 가겠대."

"그럼……?" 디는 말문이 막혔다.

"그럼 우리 모두 폐기처분되는 거야. 내일부터 나는 실업자야."

2장

"엄마랑 아빠가 2층에서 한참 안 내려오시네?" 헬렌이 브로슈어를 보다 말고 고개를 들며 말했다.

"사랑을 나누시는 모양이지." 로지가 못마땅하다는 듯 한숨을 쉬며 말했다.

"언니!" 헬렌이 경악한 목소리로 외쳤다. "왜 이래! 두 분 연세에 그럴 리가."

"남자들은 절대 그렇게 생각하지 않아. 매일 밤 하고 싶어한다고." 로지는 뭘 제대로 아는 사람처럼 말했다.

"하지만 언니, 이건 다르지. 형부는 젊지만 아빠는…… 아니, 아빠가 그러는 건 상상……" 헬렌은 말끝을 흐렸다.

"나도 상상하고 싶지 않지만 내 말 믿어. 남자들이 생각하는 건 그것뿐이야." 로지는 단호했다.

"그냥 사람들이 하는 말이겠지." 헬렌은 희망을 버리지 않았다. "넌 어떻게 생각해, 앤서니?"

앤서니는 늘 그러듯 이어폰을 끼고 아이팟으로 노래를 듣고 있었기 때문에 아무 말도 듣지 못했다. 누이들의 표정을 보고서야 그들이 그에게 말을 걸었다는 것을 알아차렸다.

"좋아, 나는 다 그냥 좋아." 그는 명랑하게 말했다.

누이들은 지겹단 표정으로 서로 흘끗 쳐다보았다.

조시가 집에 들어가니 놀랍게도 남편 해리가 벌써 퇴근해 있었다. 오늘 저녁에 공연을 하기로 했던 으리으리한 리셉션 행사가 취소됐다는 것이었다.

"불경기잖아." 해리가 아주 떫은 레드와인을 두 잔 따르며 말했다. "이게 다 경기가 안 좋아서 그래. 이제 더는 으리으리한 리셉션 행사를 열 만한 여유가 없고, 있다 한들 밴드를 부를 정도는 안 되지."

"와인을 시작하기에는 조금 이른 거 아니야?" 조시는 조심스럽게 물었다.

"그렇기도 하고 아니기도 해. 내가 앞으로 삼 주 동안 행사가 없어서 당신 수입으로 먹고 살아야 하거든. 그러니까 허리띠를

졸라매야 할 거 아냐. 지금 이 순간을 즐기자고."

"설마 그 정도로 심각하려고." 조시가 말했다.

"그 정도가 아니라 그보다 더 심각해." 해리가 말했다. "들어오는 길에 리엄 놀런을 만났는데 오늘 잘렸대. 매시의 사업이 쫄딱 망했다는 거야."

"리엄이 회사에서 잘렸다고?" 조시는 충격을 받았다.

"응. 아마 지금 디한테 얘기하고 있을 거야. 반응이 안 좋을 텐데."

"그렇겠지." 조시도 맞장구쳤다.

"그래도 그 집에는 애들이 있잖아. 딸 둘에 아들 하나를 다 키워놓지 않았어? 애들이 아빠를 도와주겠지, 안 그래?"

"나라면 기대하지 않겠어……" 조시가 보기에 로지, 앤서니, 헬렌은 놀런의 살림에 별로 보탬이 되지 않는 것 같았다.

"아니, 돈 한푼 내지 않고 거기서 그렇게 지내지는 않겠지." 해리는 끔찍한 와인의 맛을 음미하며 말했다.

해리의 인생에서는 모든 게 아주 단순했다.

어두컴컴한 바에서 매시 매퀸은 유리잔을 닦느라 정신없는 가게 주인을 상대로 협상을 시도하는 중이었다.

"오늘 저녁에 이 가게로 친구들 몇 명이 올 거예요." 그는 말문을 열었다. "내가 그 친구들한테 안 좋은 소식을 전해야 하거든요. 그래서 말인데, 혹시 먹을 것 좀 부탁할 수 있을까요? 소시지, 프렌치 브레드, 치즈 약간, 이 정도라도?"

"그 친구들을 해고하려고요?" 가게 주인은 산전수전 다 겪은 사람답게 눈치가 빨랐다.

"네, 그런 상황이에요." 매시는 우울한 목소리로 시인했다.

"그렇다면 샌드위치 몇 개로는 안 되겠는데요?" 남자는 계속 유리잔을 닦으며 말했다. "나라면 브랜디를 큰 걸로 몇 잔 쏘겠어요."

"내가 고용보험에 가입해놓았으니까 실업급여를 받을 수 있을 거예요."

"네, 그 사람들이 아주 좋아하겠네요." 가게 주인은 말했다.

매시는 이자가 원래 이런 성격인지 아니면 술집에서 일하다보니 이렇게 됐는지 궁금해졌다.

디는 안 그래도 피곤하던 차에 이제는 기운이 하나도 없었다. 그녀는 침대에 앉은 채 다리를 뻗었다.

리엄이 그녀 옆으로 의자를 옮겨 머리칼을 쓰다듬어주었다.

"가엾은 내 마누라." 그가 말했다. "당신한테 이것보다는 멋진 삶을 선물하고 싶었는데, 진심으로."

"이 정도면 잘살고 있는 거 아니야?" 디는 용케 대꾸했다.

"하지만 이 사태는…… 우리 앞으로 어쩌면 좋을까?"

"다른 데 취직할 만한 곳은 없어?" 그녀는 물었지만 이미 답을 알고 있었다. 매시가 지금까지 버틴 것만으로도 용했다.

"전혀. 당신처럼 명함을 찍어서 돌릴까? '리엄 놀런 전기 보수'라고." 그는 상상하며 잠깐 미소를 지었지만 이내 표정이 바뀌었다. "경쟁자가 천 명은 되겠지." 그는 자신 없이 덧붙였다.

"리엄, 무슨 일이 있더라도 우리 우울해하지 말자. 우울의 블랙홀 속으로 빨려들어가지 말자. 알겠지?"

"알아. 하지만 당신은 하는 일이 있으니……" 그는 지치고 슬퍼 보였다.

"하지만 그게 다야. 하는 일. 당신은 커리어, 직업, 천직이 있는 거고. 우리를 생각해서라도 포기하지 말아줘, 리엄, 부탁이야. 내가 진심으로 사랑하는 당신이 의기소침해지는 건 보고 있을 수 없어."

"나도 사랑해." 리엄은 디의 손을 쓰다듬었다.

"그럼 우리가 대부분의 사람들보다 운이 좋은 거 아니야?" 디는 이제 스스로를 설득하는 데 성공했고 기운을 조금씩 되찾아가고 있었다. "가자, 리엄. 이제 1층으로 내려가서 애들한테 전부 얘기하자."

디는 침대에서 일어나 거울에 비친 모습을 확인했다. 머리칼을 쓸어넘기고 립스틱을 살짝 발랐다. "자, 당신도 매무새 좀 가다듬어. 애들 눈에 낙오자처럼 보이지 않게."

"낙오자가 맞는걸."

"낙오자이길 거부해야지." 디는 말했다.

"오늘밤까지 기다렸다가 얘기하는 게 낫지 않을까? 내가 다른 데 취직할 수 있을지도 모르고. 괜히 애들 걱정시키고 심란하게 만들 필요 없잖아." 리엄이 말했다.

"우리는 가족이야. 애들도 알아야지. 이 위기를 잘 헤쳐나갈 수 있게 애들도 도울 거야."

"하지만 갑작스럽게 터트리지 말고 천천히 해도 되잖아. 지금 내려가서 애들한테 회사에서 잘렸다고, 너희들을 먹여 살리지 못하게 됐다고 얘기하고 싶지 않아. 모든 가능성을 타진하기 전까지는 그러고 싶지 않아, 디. 이 단계에서 애들을 끌어들일 이유가 없잖아?"

"걔들을 보호할 방법이 없어, 리엄. 워낙 큰일이잖아. 우리 모두에게 영향을 미칠 거야. 그리고 애들도 이십대니까 이제 성인이야. 갓난쟁이 취급하면 되겠어? 다들 살림에 보탬이 될 수 있잖아. 이 집에서 나가라는 것도 아니고. 사실 애들이 독립하면 방을 세놓을 수 있을지 모르는데…… 우리는 걔들 나이에 집을 장만했는데……"

그들은 1층으로 내려갔다.

아무도 고개를 들지 않았다.

로지는 여전히 거울에 비친 자기 얼굴을 살피는 중이었고, 앤서니는 혼자 빙그레 웃으며 아이팟에서 음악적인 즐거움을 좀더 찾는 중이었다. 헬렌은 계속 수학여행 계획을 짜고 있었다. 이제 교장에게 보여줄 계획표 최종안을 거의 완성했다.

디가 세일 품목을 찾아 할인점 곳곳을 누비며 아주 깐깐하게 사온 물건들은 역시 아무도 건드리지 않았다. 장바구니는 그녀가 둔 그대로 식탁에 기대 있었다. 어느 누구도 저녁에 대해 고민하지 않았고, 점심 설거지에 대해서도 마찬가지였다. 빨아서 말린 옷 뭉치도 오늘 새벽 네시와 똑같이 세탁기 옆에 고스란히 남아 있었다.

디는 어깨를 짓누르는 어마어마한 피로를 느꼈다. 어쩌면 평생 없어지지 않을 수도 있는 피로였다. 어쩌다 이 지경에 이르렀을까? 아이들이 이렇게 이기적인 건 그녀 때문일까? 아이들이 살림을 도울 생각을 전혀 하지 않는 건 그녀의 잘못일까? 리엄의 잘못일까?

"이렇게 모두 한자리에 모였구나." 리엄이 장성한 세 아이에게 말했다. "북적거리는 집, 그게 내가 바라던 건데……"

앤서니가 쳐다보고 있던 조그만 화면에서 눈을 들었다. "잘됐네요!" 그는 열띤 목소리로 외치고 곧바로 다시 화면으로 시선을 돌렸다.

로지는 립밤을 좀더 바르고 거울에 비친 자신의 모습을 보며 살짝 인상을 찡그렸다.

헬렌만 관심을 보였다. 그녀는 부모의 얼굴을 번갈아 쳐다보았다.

"무슨 일 있어요, 엄마? 아빠?"

"뭐, 우리가 다 같이 힘을 합하면 해결하지 못할 일은 없지." 리엄이 말했다.

"우리 모두에게 힘든 시기가 닥쳤어. 방금 전까지 그 얘기를 하고 내려온 참이야. 매시 매켄의 사업이 부도가 났어. 그 회사라면 안전할 줄 알았더니 안전한 직장은 없나봐."

"어머, 끔찍해라!" 헬렌이 말했다.

"끔찍하다니 뭐가?" 로지가 물었다.

디는 아무 말도 하지 않았다.

"엄마 아빠 말씀이 매시 매켄 회사 상황이 안 좋고, 안전한 직장이 없대." 헬렌이 설명했다.

"누가 아니래, 나가보면 일자리가 없어." 앤서니가 맞장구쳤다.

"하지만 사실 보이는 것만큼 그렇게 끔찍하지는 않을지 몰라." 리엄이 달래는 투로 말했다.

"아니면 보이는 것보다 더 끔찍할 수도 있지." 디는 딱 잘라 말했다.

"왜 그래요, 엄마? 엄마는 왜 항상 나쁜 면만 봐요?" 로지는 징징거리는 특유의 버릇이 있었다. 로건과의 결혼생활에 심각한 문제가 생긴 데에도 그 버릇이 지대한 영향을 미쳤을 것이다.

앤서니의 머릿속에 어떤 생각 하나가 퍼뜩 떠올랐다. 그는 이어폰을 다시 끼지 않고 사태를 파악하느라 이 사람, 저 사람의 표정을 살폈다.

"우리, 돈은 넉넉히 있어요?" 앤서니는 거두절미하고 이렇게 물었다.

디는 놀라워하며 아들을 쳐다보았다. 앤서니는 어렸을 때부터 키우기 쉬운 아이였다. 혼자만의 세상 속에서 꿈을 꾸는 스타일이었다. 같은 말을 대여섯 번 반복하게 만드는 것이 문제이긴 했지만, 언제든 즐겁게 일을 도왔다. 항상 조만간 자신의 음악적 재능이 인정받을 수 있길, 그래서 유명해지고 전 세계적으로 성공을 거둘 수 있길 바랐다. 그러면 부모님에게 바닷가의 쾌적한 대저택을 장만해드릴 수 있을 터였다. 하지만 그런 앤서니조차 아버지의 해고 소식을 자신의 입장에서만 바라보았다.

그가 궁금해하는 건 '돈은 넉넉히 있느냐'는 것뿐이었다. 자기가 나가서 돈을 벌면 된다거나 그런 말은 하지 않았다. 그 점에 있어서는 세 아이 모두 마찬가지였다.

"사장님이 고용보험에 가입했어요, 아빠?" 로지가 물었다.

"응, 했어. 그리고 만약⋯⋯"

"아, 그럼 별문제 없을 거예요." 로지 입장에서는 이로써 문제 해결이었다.

"수입은 계속 유지되고 출근할 필요는 없는 거예요? 그럼 좋은 거 아니에요, 아빠? 월요일 아침에 그러면 얼마나 좋을까." 헬렌이 말했다.

디는 헬렌을 쳐다보았다. 적어도 헬렌은 셋 중에서 유일하게 번듯한 직장에 다녔다. 그런데도 자기가 사는 집에 땡전 한푼 보태지 않았다. 그런 생각 자체를 해본 적이 없었다. 디가 그 얘기를 꺼내면 리엄은 항상 이렇게 말했다. 왜 그래, 여긴 헬렌의 집이잖아.

하지만 디는 실업급여에 대해 좀더 충분히 설명해야 할 필요성을 느꼈다.

"너희 아버지도 보험금을 냈어, 매시 매켄 사장이랑 똑같이. 그 덕분에 월급의 절반 정도를 받는 자격을 누리게 된 거야, 알겠니? 그 돈을 그냥 받는 게 아니라고."

"흥분하지 마세요, 엄마." 로지가 말했다.

"그럼 아무 문제 없는 거네요." 앤서니는 상황이 정리됐다고 좋아했다.

"항상 그렇게 아빠 기운 빠지게 좀 하지 마세요." 헬렌은 애원했다.

디는 쏘아붙였다. "이런 자기들밖에 모르는 짐덩이들! 거기 그렇게 가만히 앉아서 나를 하인처럼 부리려고만 드는 너희들 모습을 좀 봐라. 너희들도 이제 정신 차릴 때가 됐어. 앞으로 집 안 분위기가 좀 달라질 거야. 그래, 충격적일 수 있다는 건 나도 알아. 하지만 이 집에서 계속 지낼 작정이면, 이 집에서 나가지 않을 작정이면, 다른 데서 지내는 수준만큼의 생활비를 보태주어야겠다."

아이들은 곧바로 격한 반응을 보였다. 로지와 헬렌은 당장 큰 소리로 항의를 늘어놓기 시작했다. 이런 시점에 가족 간의 균열을 일으키다니 타이밍이 너무 나쁜 거 아니냐고 했다. 아빠가 해고라는 충격적인 소식을 들은 판국에! 엄마는 이해심도 없어요? 앤서니는 충격을 받은 표정으로 디를 멍하니 쳐다보기만 했다. 리엄은 당장 모두를 다독이려 했다.

"무슨 소리야, 여보, 애들은 당연히 여기서 살아야지. 애들 집인데. 5월에 피는 꽃처럼 언제든 환영이고 앞으로도 영원히 환영이야. 앞으로 다들 당연히 도울 거야. 당신 지금 피곤해서 그래.

자, 얘들아, 엄마 좀 도와드리자. 너희들이 식탁 치우면 아빠가 장 본 물건 정리하마. 이러면 되지, 여보? 당신은 지금 살짝 충격을 받았어, 우리 모두 그래. 그래서 그런 거야. 우리는 이 사태를 극복할 거야, 다 같이 합심해서 이겨낼 거야."

"아냐, 리엄, 아니야. 그걸로는 부족해. 잘 헤쳐나갈 수 있겠지만 지금처럼 해서는 안 돼." 디는 분명하고 합리적인 말투를 유지하려 했다. "너희들을 내쫓으려는 게 아니야, 당연히 그건 아니지. 하지만 아빠가 다른 일자리를 알아보는 동안 잘 버티려면 내가 일을 늘려야 할 거야. 너희 셋도 생활비를 보탰으면 좋겠어. 무슨 수로 그럴 수 있을지 고민해봐.

먼저 알아서 챙겨 먹는 것부터 시작하면 되겠다. 내가 상을 다 차려주겠거니 생각하지 마. 지금보다 일을 늘리면 식사 준비까지 도맡을 여력이 없어. 빨래와 다림질도 너희들이 알아서 해. 너희 셋 모두 세탁기 돌리는 법 알잖아. 앤서니, 이제 너도 일자리를 알아봐야 하지 않을까? 로지, 헬렌, 너희 둘은 방값으로 얼마를 낼 수 있을지 생각해봐."

다시금 요란한 반응과 고성이 난무하기 시작했다. 로지는 로넌과 더는 같이 살지 않는 집을 장만하는 데 전 재산을 투자했다. 헬렌은 수학여행을 준비하는 데 모든 걸 쏟아부었다. 앤서니는 그의 세대가 아버지 세대 못지않게 취직이 힘들다는 점을 강

조했다. 그들은 누가 봐도 명백히 디에게 분노했다. 그녀가 힘이 되어주지 않는다며 리엄에게 기대려고 했다. 그리고 리엄은 또 다시 모든 걸 진정시키려고 했다.

디는 한숨을 쉬었다. 아이들은 이 집에서 공짜로 지내며 그녀가 차려주는 음식을 먹고 그녀가 다려주는 옷을 입었다. 어떻게 하면 그게 얼마나 부당한 일인지 깨닫게 할 수 있을까?

소란이 가라앉자 디는 장바구니를 집어서 기계적으로 정리하기 시작했다. 냉장고 문을 열어 요구르트를 채우고 반 통 남은 저지방 버터는 앞쪽으로 옮기고 새로 사온 것은 뒤편에 놓았다.

우유. 누군가가 항상 우유를 다 마셔 없애거나 상온에 방치해 상하게 만들었다.

그래서 용량이 적고 더 비싼 우유를 사는 수밖에 없었다. 다른 식구들이 낭비하지 않으면 2리터짜리 대용량을 사는 편이 훨씬 경제적인데……

워낙 몸에 밴 일이라 몇 분 걸리지도 않았다. 양고기는 싱크대 나무 도마 위에 올려놓았다. 탁, 탁, 탁. 큼지막한 냄비가 금세 고기와 채소로 가득찼다. 여기에 고체 육수와 물을 좀 넣고 보글보글 끓였다. 성인 다섯 명을 위한 음식. 디가 쇼핑을 해서 디가 정리했고, 디가 사무실 청소를 해서 번 돈으로 결제했고, 나중에 디가 상에 내놓을 것이었다.

그녀는 세탁소에서 주는 철제 옷걸이를 몇 개 챙겨들고 다림질을 하러 스르르 이동했다. 먼저 리엄의 셔츠를 다렸다. 모두 네 장이었다. 그녀는 특히 칼라에 신경썼다. 그런 다음 딸들의 블라우스, 원피스, 속옷을 깔끔하게 개서 다림질하지 않은 채로 한쪽 빨래바구니에 넣고, 앤서니의 옷은 모두 다른 쪽 바구니에 넣었다. 이건 작은 변화였고 앞으로 다른 작은 변화들이 줄줄이 이어질 것이다. 작지만 효과가 있는 변화들이.

디는 미간을 찌푸렸다. 원하든 원하지 않든 그들은 달라져야 할 것이다. 그녀는 나름의 계획을 세워야만 했다.

로지는 늦은 오후와 이른 저녁 쇼핑몰에 방문하는 고객에게 무료로 메이크업을 해주고 화장품 대량 구매를 유도하기 위해 복귀했다. 앤서니는 여전히 전자기기에, 헬렌은 사진과 일정표 무더기에 빠져 있었다. 리엄은 석간신문에 실린 구인란을 뒤지고 있었다.

앞으로 얼마나 많은 게 달라지게 될지 그들 가운데 누구도 알지 못했다.

3장

　바로 다음날 새벽에 조시는 리엄 얘기를 꺼내야 할지 말아야 할지 고민하다가, 우선 분위기를 보며 기다리기로 했다.

　아직 잠든 도시를 달리는 동안 디는 생각에 잠긴 눈치였다.

　"집에 별일 없지?" 조시는 조심스럽게 물었다.

　"응. 너희 집도 별일 없지?"

　"아, 해리의 행사가 취소됐지 뭐야. 엄청 짜증내면서 저질 와인으로 마음을 달래더라."

　"리엄도 회사에서 잘렸어." 디는 조용히 말했다.

　"뭐라고? 일자리가 날아간 거야?" 리엄과 대화를 나누고 온 해리가 말해줬기 때문에 조시는 이미 알고 있던 소식이었다. 하지만 디가 무슨 수로 그렇게 평정심을 유지하고 있는지는 알 수 없었다.

"응, 그래서 우리 모두에게 엄청난 변화가 생길 거야." 디는 조용히 말했다.

조시는 디의 반응을 전혀 이해할 수가 없었다. "네가 초연하게 받아들이고 있는 것만큼은 분명해 보인다." 결국 그녀는 이렇게 말했다.

"안 그러면 어쩌겠어? 그나저나 얘기가 나왔으니 말인데, 아침에 먹는 시리얼이랑 달걀이랑 비스킷 두어 통 너네 집에 가져다 먹지 않을래?"

"네가 어제 슈퍼에서 산 거 말이야?" 조시는 어째 상황이 점점 더 이상해진다고 생각했다.

"응, 그거." 디는 말했다.

"그게 어디 있는데?" 조시는 물었다.

"차 뒷자리에 있는 저 초록색 봉투 안에 있어. 아, 그리고 저 안에 맛있는 냉동 체리 롤케이크도 있어."

"디, 대체 왜 이러는 거야?"

"뭐, 돈 받고 팔겠다는 건 아니야. 그냥 주겠다는 거지."

"바닥 청소해서 번 돈으로 산 건데, 그냥 주겠다고?"

"이제 더는 필요 없거든." 디는 덤덤하게 말했다.

"하지만 디, 다른 때보다 지금 더 필요한 거 아니야? 제발 정신 차려."

"정신 똑바로 차리고 있으니까 걱정 마. 그리고 조시, 음식은 가져가도 되고 안 가져가도 되는데 오늘 그 얘기는 그만하면 안 될까?"

디는 좌석에 몸을 묻었고 조시는 매우 이례적이고 낯선 정적 속에 차를 몰았다.

디의 이상한 분위기는 하루종일 계속됐다. 마치 안정제를 먹은 사람 같았다. 테이블 냅킨에 립스틱과 음식을 묻혀놓고 '안녕하세요. 세탁소에 맡겨도 소용없을 것 같은데, 얼룩 제거 요술을 부려주실 수 없을까요? 부탁드려요······' 이런 쪽지를 남긴 소니아에게는 물론이고 그 어떤 것에도 짜증을 내지 않았다.

커피가 남은 종이컵을 쓰레기통에 버려서 반짝거리는 새 사무실을 난장판으로 만들어놓은, 생각 없는 젊은 남자들에게도 짜증을 내지 않았다. 거의 초탈한 경지였다.

조시로서는 전혀 이해할 수가 없었다. 마침내 하루 일과가 끝났을 때 조시는 얼른 샌드위치를 먹고 싶어 죽겠다고 말했다. 두 시간 전부터 샌드위치 생각뿐이었다고. 튜나 멜트를 먹을까? 아니면 칠리 치킨 랩?

하지만 아니었다. 디의 깜짝 쇼는 아직 끝난 게 아니었다. 그녀는 조와 함께 샌드위치를 먹지 않고 곧장 퇴근하겠다고 했다.

아니라고, 됐다고, 태워다주지 않아도 된다고 했다. 근처까지 버스를 타고 가서 집까지 걸어가겠다고 했다.

"나 때문에 마음 상한 일 있었어?" 조시는 전혀 영문을 알 수 없어서 이렇게 물었다.

"아우, 조시, 그만 좀 해. 당연히 그런 적 없지."

"하지만 디, 항상 점심 같이 먹었잖아……"

"그러니까 꼭 일곱 살짜리 같다, 조!" 디는 웃으며 조시를 안 아주었다. "너도 곧장 집으로 가지 그래? 내가 뒷좌석에 실어놓은 초록색 봉투 잊지 말고."

"그 안에 스위트 칠리 치킨이 든 건 아니지?" 조시는 궁금해 했다.

"내일 봐."

디는 어쩔 줄 몰라하는 조시를 남겨둔 채 버스 정거장으로 발걸음을 옮겼다. 조시는 샌드위치와 우유 거품을 잔뜩 얹은 커피를 상상하며 오전을 버텼지만 지금은 디가 준 초록색 봉투를 들고 곧장 집으로 가는 편이 낫겠다는 생각이 들었다. 하지만 디가 오늘 하루종일 워낙 수상했던 터라 그 안에 무엇이 들어 있을지는 모를 일이었다.

16번지 집에서는 앤서니가 식탁 앞에 앉아 있었다.

"다녀오셨어요, 엄마?" 그는 함박웃음을 지으며 디를 맞이했다. 원래 그렇게 잘 웃었다. 그녀는 점심 먹었느냐고 묻고 싶은 것을 애써 참았다.

"별일 없었지, 앤서니?"

"네, 엄마. 뭐 들고 오셨어요?"

디는 앤서니가 뭘 묻는 건지 알았지만—저녁 메뉴가 궁금한 것이었다—모르는 척했다.

대신 이렇게 대답했다. "뭘 들고 왔느냐고? 어디 보자. 하루에 여덟 시간, 일주일에 오 일, 최저 시급이면 얼마니? 네가 계산해봐."

앤서니는 놀란 표정으로 그녀를 쳐다보았다. "그거 따지려고 여쭤본 건 아니었어요…… 그게 아니라 저는……" 그는 말끝을 흐렸다.

"아냐, 괜찮아. 아빠가 실직했으니까 앞으로 제대로 먹고 살 수 있을지 다른 가족들처럼 걱정이 돼서 그런 거잖아. 나도 네가 취직을 하거나 음악보다 더 관심이 가는 여자친구를 찾는 데 소득이 있었는지 궁금하던 참이었어. 네 또래 남자들은 대부분 나가서 돈을 벌고 독립을 하지 않나 싶어서. 엄마 아빠가 항상 뭐든 다 해주길 바라는 게 아니라……"

"하지만 별문제 없는 거 아니에요? 아빠가 매주 어느 정도 돈을 받지 않아요? 아니, 아빠는 걱정할 것 없다고 하셨잖아요."
앤서니는 당황하며 반문했다.

"아빠가 그렇게 얘기했다고?" 디는 놀란 목소리로 되물었다. "내가 들은 거랑 다르네? 내가 듣기로는 우리 모두 힘을 합쳐야 된다 그랬거든. 그래서 너더러 어떤 식으로 도울 생각이냐고 묻는 거야. 자, 이제 들어보자, 오늘 저녁에 네 계획이 어떻게 되는지."

"계획이요?"

"응. 오늘 저녁에 뭐할 생각인지 궁금해서." 디는 말했다.

"음, 특별한 건 없고 그냥…… 그냥 평소처럼 시간을 보낼 거예요, 엄마."

"그렇구나. 그럼 평소처럼 어디서 시간을 보낼 건데?"

"음, 여기에서요. 그러니까 여기 이 식탁에서요. 그러면 안 되나요?"

"오늘 저녁에는 안 돼. 너희 아빠하고 내가 계산기를 좀 두드려야 하거든. 널찍한 데 이것저것 펼쳐놓고서."

"하지만 엄마 아빠 방에도 테이블이 있잖아요."

"아니, 그건 장식품이랑 빗이나 올려놓는 조그만 테이블이잖니." 디는 짜증을 내지 않고 진득하게 설명했다.

"엄마는 그런 거 하나도 안 올려놨잖아요."

"맞아, 하지만 언젠가는 올려놓을지도 모르지! 아무튼 오늘 저녁에는 네 방에서 작업해도 되지? 응?"

"방은 좀 작고 답답해서요, 엄마."

"알아, 앤서니. 나도 알아. 작고 답답하지. 그래도 견뎌야지 어쩌겠니." 디는 공감하는 투로 말했다.

앤서니는 이 모든 게 어쩐지 낯설게 느껴졌다. "네, 뭐, 그런 것 같네요. 저녁은 언제 먹어요?"

"저녁?" 디는 그 질문에 놀란 표정을 지었다.

"네, 몇시쯤 먹나 해서요." 앤서니는 설명했다.

"아, 아무때나 네가 먹고 싶을 때 먹으면 되지. 너희 아빠랑 나는 여섯시 삼십분쯤 램 촙을 먹고 서류 작업을 시작할 생각이야."

"램 촙이라니 맛있겠다." 앤서니의 표정이 환해졌다.

디가 생각했던 것보다 더 힘들었다. 삼남매 중에 가장 순한 앤서니가 당연히 가장 충격을 많이 받을 수밖에 없었다. 어쩌면 리엄의 방식이 맞을지 몰랐다. 이러니저러니해도 이곳은 아이들의 집이 맞았고 앤서니에게는 저녁을 기대할 권리가 있었다. 하지만 이제 와서 그녀의 결심을 깨뜨릴 수는 없었다.

"아, 너희 아빠하고 내가 먹을 것만 만들 건데. 어제 나눈 얘기도 있고 하니 너희들은 각자 계획을 세웠을 줄 알았지." 디는 애써 밝고 명랑한 표정을 지었다.

"그러니까 저녁을 못 먹는다는 말씀이에요?" 앤서니는 침울한 목소리로 말했다.

"그럴 리가. 피시 앤드 칩스 가게에 가면 먹을 거 많잖아. 아니면 중국음식을 포장해 오는 건 어떨까?"

"아니면 여기서 만들어 먹는 건 어떨까요?" 앤서니는 일상을 조금이라도 유지하고 싶어했다.

"뭐, 그래도 되지. 하지만 베이컨 두 장이랑 달걀은 쓰지 마. 너희 아빠가 내일 아침에 드실 거니까. 그리고 우유도 남겨놓고……"

"알겠어요, 엄마."

"그래. 나는 그럼 2층에 올라가서 좀 쉬어야겠다. 나중에 보자."

"네, 엄마."

앤서니는 자리를 뜨는 디를 눈으로 좇았다. 평소 같았으면 엄마는 그에게 차를 끓여주고 애플 타르트를 한 조각 건네며 말을 붙였을 것이다. 엄마는 앤서니가 무슨 생각을 하는지 항상 궁금해했다. 그는 주로 음악 생각을 했고 가끔은 말로 설명하기 힘들 때가 있었다. 하지만 오늘 엄마는 예전과 전혀 달랐다. 그를 그리 중요하지 않은 사람처럼 대했다. 집과 가족이 아니라 다른 생각을 하는 사람 같기도 했다. 하지만 그럴 리는 없지 않을까?

앤서니는 뭘 좀 챙겨 먹으려고 냉장고 문을 열었다. 안은 거의 텅 비어 있었다. 접시 하나에 담긴 양고기 두 토막과 다른 접시에 담긴 베이컨 두 장과 달걀 두 개가 전부였다. 어제까지만 해도 먹을 게 잔뜩 있었는데.

뭔가 아주 이상한 일이 벌어지고 있었다.

쇼핑몰에서 로지는 지나가던 고객 몇 명을 화장품 코너로 유인하는 데 성공했다. 그녀는 고객을 상대하는 재주가 좋았다.

"실례합니다. 그거 신상 재킷인가요? 정말 예뻐요!" 그녀는 이렇게 얘기하고 명함을 건넸다. "저는 이 회사 직원이고 저희 매장에서 무료로 메이크업을 해드리고 있어요. 지금 입으신 재킷에 좀더 강렬한 색상의 립스틱을 바르면 어떨까요? 오셔서 제품 구경이라도 하세요. 부담 전혀 느끼지 마시고요……"

매장을 관리하는 벨라는 감탄하는 눈빛으로 그녀를 지켜보았다. 대단하다는 생각이 들었다. 로지라는 이 친구에게는 자신만의 방식이 있었다. 그녀에게 육 주 동안 연수를 받을 생각이 있느냐고 물어봐야겠다. 당돌하고 처음 보는 사람들에게 적극적으로 관심을 보이니 좋은 영업사원의 자질을 제대로 갖추었다. 게다가 로지는 다부지기까지 했다. 고객이 구매한 모든 제품에서 자기가 받을 몫을 잽싸게 계산했다. 그것도 항상 계산기보다 빠르게. 그녀라면 런던에서 육 주를 재밌게 보낼 수 있을 것이다.

헬렌은 교장실로 불려갔다.

"이제 그만해요, 놀런 선생, 지금 당장. 우리 학교 학생들은 파리로 여행할 일 없습니다. 올해 부활절은 물론이고 어느 부활절에라도."

"하지만…… 아이들이 손꼽아 기다리고 있는걸요. 다들 엄청 실망할 거예요!"

"그러니까 애초에 얘기를 꺼내지 말았어야죠."

"하지만 이미 계획도 다 세웠는데요. 아이들도 어디어디 가는지 다 알고 있고……"

"어디든 갈 일 없다니까요."

"하지만 예약도 다 끝냈어요!"

"그럼 취소해야겠네요, 놀런 선생, 오늘 당장. 이런 여행을 커버할 수 있는 보험은 이 세상에 없어요. 게다가 교사가 한 명이 아니라 네 명이 필요하고 네 명이 충당된다 해도 불가능합니다. 학생들에게 지키지도 못할 약속을 하다니 이보다 더 무책임한 짓이 어디 있나요? 오늘 종례 시간 전까지 모든 일정을 취소했다는 보고를 들을 수 있기 바랍니다."

리엄은 하루가 무척 길다는 생각이 들었다. 그는 명함을 만들고, 사전에 약속한 대로 매시 매켄과 다른 동료들을 만나러 갔었다. 간밤에 술집에서는 분위기가 조용하고 어색했다. 매시는 회사를 살릴 수만 있다면 어떤 조치든 마다하지 않을 테고, 사실상 모든 조치를 이미 취했다고 최선을 다해 그들에게 설명했다. 사비를 투자하고 집을 저당잡혔다고 했다. 그는 땡전 한푼 없이 오스트레일리아로 건너갈 작정이라며 그들에게 공사 현장에 가서 쓸 만한 건 뭐든 가져가기 바란다고 했다.

리엄은 공사 현장에 가기 싫었다. 아침이면 차를 마시고 웃으며 하루를 시작하던 곳이었다. 다른 동료들도 마찬가지 심정이었다. 그리고 그들은 전문 목수나 소목장이나 배관공에게 미래는 없다는 걸 알았다. 요즘 같은 시장 분위기에서는 어림없었다. 다들 그곳을 피하고 싶어했지만 매시가 가서 뭐든 모조리 들고 가라고 했다.

"뭘 들고 온들 보관할 데도 없어요, 사장님." 리엄은 절망한 목소리로 말했다. "좋은 목재인 건 알지만 어디 둘 데도 없다고요. 우리 부부뿐 아니라 다 큰 애들이 셋씩이나 살고 있으니 집이 꽉 차서……"

"그래도 아이들이 아빠를 경제적으로 돕겠지?" 매시는 이 암울한 상황에서 일말의 희망이라도 찾고 싶어 안달했다.

리엄은 잠시 멈칫했다. 매시 매켄은 비행기를 타고 지구 반대편으로 건너가기 전에 어떤 것이라도 희소식을 듣고 싶어했다.

리엄은 그에게 희소식을 들려주기로 마음먹었다.

"어유, 걔들이야 더 바랄 나위가 없는 아이들이죠. 셋 다 엄청 도움이 될 거예요."

그는 매시가 조금 안심하는 것을 보고, 난생처음으로 그게 사실이면 얼마나 좋을까 생각했다. 부모가 자기들을 얼마나 힘들게 먹여 살리고 있는지 두 딸과 아들이 알아주면 얼마나 좋을까. 그리고 리엄은 리엄인지라 그런 생각을 했다는 데 곧바로 죄책감을 느꼈다.

4장

리엄은 딸 헬렌과 얼추 비슷한 시각에 집에 도착했다.

헬렌은 아빠의 문제를 까맣게 잊었는지 문턱을 넘기도 전부터 하소연을 늘어놓기 시작했다.

"그렇게 속 좁은 인간, 그렇게 못된 인간의 손에 학교를 맡기다니!" 그녀는 말했다. "어떻게 그런 사람이 교장이 됐을까? 그러면서 애들이 왜 교육이 제대로 안 된 채로 학교를 졸업하는지 의아해하지!" 그녀는 들어와 식탁 앞에 털썩 주저앉았다.

"오늘 저녁 없어." 앤서니가 말했다.

"아, 앤서니, 제발 먹을 거 말고 다른 생각도 좀 해봐. 저녁 메뉴가 뭐가 됐든 상관없어, 뭘 먹고 싶은 생각도 없고. 오늘 무슨 일이 있었는지 알아? 엄마, 제 얘기 듣고 계세요?"

"아니." 그녀의 어머니가 말했다.

헬렌은 충격을 받았다. "아니, 엄마, 왜요? 학교에서 정말 끔찍한 일이 있었단 말이에요…… 엄마는 상상도 못할 거예요."

디는 무슨 소리냐는 듯 고개를 저었다. "아, 그럴 리가 있나. 나도 청소하느라 끔찍한 하루를 보냈고, 너희 아빠도 매시 매켄을 만나고 회사에서 잘리느라 끔찍한 하루를 보냈으니까 솔직히 우리 둘 다 그게 어떤 건지 모를 수가 없지."

헬렌은 그 자리에서 얼어버린 듯한 기분을 느꼈다. "아, 그렇죠, 저도 그게 얼마나 끔찍한지 알아요, 엄마. 제가 늘 얘기하다시피……"

"네가 늘 무슨 얘기를 하는데?"

그녀의 어머니는 완벽하게 품위를 갖추었지만 말투가 어딘가 이상했다. 외부인이나 가족끼리 아는 친구라면 모를까, 엄마 같지는 않았다.

"제가 항상 뭐라고 얘기하는가 하면…… 엄마는 말도 안 되게 오랜 시간 동안 아주 열심히 일을 하시고……"

"그래, 그래, 그 얘기를 정확히 누구한테 했니, 헬렌?"

"뭐, 사실 누구에게나 다요."

"아, 그렇구나. 나는 그 얘기를 들은 적이 없어서 좀 놀랐어."

"엄마, 학교에서 제가 계획한 수학여행을 취소했어요. 애들이랑 파리에 갈 수 없대요." 헬렌은 당장이라도 눈물을 흘릴 태세였다.

"정말 실망스럽겠다. 리엄, 당신은 오늘 하루 어떻게 보냈어?"

"끔찍했지. 우리는 사장님 옆에서 한시라도 빨리 도망치고 싶었는데 사장님이 놓아줘야 말이지. 얼마나 괴로웠는지 몰라."

"뭐, 그래도 최악의 순간은 넘겼네. 이제는 실업급여 신청하고 여기저기 일자리를 알아보기만 하면 되겠다."

헬렌은 어머니가 아버지에게 머그잔에 담긴 차를 건넸지만 다른 사람을 위해 끓여놓은 차는 없다는 것을 알아차렸다.

"뭐, 아무튼 그렇게 됐어요." 헬렌은 말했다. "교장선생님이 보험으로 커버가 안 된다고 수학여행을 취소하라지 뭐예요. 가려면 교사가 네 명은 있어야 하고 그래도 학부모들은 너무 위험하다고 생각할 거래요. 아이들이 정말 속상해하고 있어요. 게다가 이미 여행사에 계약금도 보냈는데……" 그녀는 말끝을 흐렸다.

헬렌의 이야기를 듣고 있는 사람은 없었다. 어머니와 아버지는 서로 대화를 나누고 있었다. 헬렌은 기대하는 눈빛으로 앤서니를 바라보았다.

"엄마가 저녁을 안 차려주시겠다는 게 오늘만인지 아니면 앞으로 매일인지 모르겠네." 앤서니가 걱정하는 투로 말했다. "엄마 표정이 좀 그랬어. 우리가 엄마의 심기를 건드렸나?"

"무슨 소리야!" 헬렌은 쏘아붙였다가 멈칫했다. 아빠에게 마음 편하게 지낼 수 있는 곳이 필요한 지금 같은 때 엄마가 이런 식으로 행동하는 이유가 뭘까? 엄마는 가끔 아주 이기적일 때가 있었다. 지금도 공감하는 말 한마디는커녕 헬렌의 고민에 귀를 기울이지조차 않았다.

로넌은 문 앞에서 잠깐 걸음을 멈추었다. 로지가 그에 대해 온갖 험담을 늘어놓았을 테니 어떤 대접을 받을지 알 수 없었다. 하지만 그래도 로지를 만나야 했다. 만나서 대화를 시도해봐야 했다.

디가 문을 열어주었다.

"아, 로넌." 디는 나이 많은 동네 사람이나, 열렬하게 환영하지는 않더라도 깍듯하게 맞이해야 하는 사람을 대하듯 말했다.

"어머님, 로지하고 잠깐 얘기 좀 할 수 있을까요?"

"아직 퇴근 전인데. 들어와서 기다리든지."

"로지가 저를 만나고 싶어하지 않을 수도 있어요." 그는 표정으로 보나 말투로 보나 딱 열두 살짜리 같았다.

"그럼 집밖에서 문제를 해결하도록 해."

"죄송하지만, 네?" 로넌은 어리둥절한 표정으로 되물었다.

"그래, 당연히 죄송하겠지. 자네도 로지도. 그러니까 밖에서 의논을 해달라는 거야. 우리 문제가 아니니까." 디의 말투는 점잖지만 단호했다.

로넌은 이 집 식탁에서 온 가족이 괴로워하는 표정으로 지켜보는 가운데 로지와 수도 없이 싸우던 것을 떠올렸다. 그와 로지가 한두 번 조금 소란스럽게 굴었을 수도 있었다. 하지만 오늘 저녁에는 장모님이 어딘지 모르게 달라 보였다. 로넌은 이유가 뭔지 궁금했다.

그는 리엄을 집중 공략하기로 마음먹었다. "요즘 하시는 일은 어떠세요, 아버님?" 그가 명랑하게 물었다.

리엄은 애매모호하게 대답할 방법을 찾으려고 했지만 디가 가로막고 나섰다.

"이제 더는 일을 하지 않아. 해고당했거든. 그래서 무슨 수로 버틸 수 있을지 의논하던 중이었어. 다 같이 어떻게 해야 버틸 수 있을지."

"아, 네, 네, 당연하죠." 로넌은 말했다. "그럼요, 다들 뭐라도 해야죠." 그는 열심히 주위를 살폈다. 표정을 보건대 헬렌이나 앤서니는 전혀 그럴 생각이 없는 듯했다.

바로 그때 로지가 들어오더니 하이힐을 벗어던졌다.

"오늘 무슨 일이 있었는지 알아?" 그녀는 대답을 기다리지도 않고 선포했다. "내가 런던에 가게 됐어! 나한테 연수를 받게 해주겠대. 얼마나 환상적일까. 꼬박 육 주 동안! 으리으리한 호텔에서 지내면서 온갖 레스토랑을 섭렵하고 온갖 클럽에 다 가볼거야. 아예 거기 눌러앉을지도 몰라. 진짜 재밌겠지?" 그녀는 앉아서 발을 주물렀다. "구두를 몇 개 더 사야겠다. 쇼핑몰에서 이걸 신으라고 하니까 피곤해 죽겠네. 엄마도 가끔 쇼핑몰에 와봐요. 내가 이 하이힐을 신고 하루에 100킬로미터씩 걷는다고 생각해봐요."

"나도 쇼핑몰 잘 알아. 오늘 아침에도 일자리 얻으려고 거기 다녀왔거든." 디가 말했다.

다들 놀라서 그녀를 쳐다보았다.

"여섯 시간 동안 슈퍼마켓에서 진열대 채우는 일을 하기로 했어." 디는 기뻐하며 모두를 둘러보았다.

리엄은 걱정스러워했다. "당신 너무 무리하는 거 아니야?"

앤서니는 놀라워했다. "뭘 어디에 놓으면 되는지 무슨 수로 파악하려고요, 엄마?"

헬렌은 철이 없었다. "여행사에서 계약금을 돌려받지 못하면 저도 엄마랑 같이 거기서 일해야 할지 몰라요. 무슨 일이든 닥치는 대로 해야 할 거예요."

로지는 뭐라고 말을 하려다 로넌이 있다는 걸 처음으로 알아차렸다. "아, 당신이 있었네?" 그녀는 전혀 달가워하지 않는 투로 말했다.

"응. 당신이 런던으로 떠나기 전에 얘기를 좀 해야 할 것 같은데……" 로넌은 말문을 열었다.

"우리, 할 얘기는 다 했잖아. 로넌. 그리고 당신이……" 로지의 언성이 위험한 수준으로 높아졌다.

"여기서는 말고, 로지." 로넌은 디와 리엄을 돌아보았다. "이건 두 분의 문제가 아닌데, 여긴 두 분의 집이잖아. 다른 데서 얘기를 했으면 좋겠는데……"

"내가 너무나도 불행한 시간을 보냈던 그 집에 다시 발을 들여놓을 거라고 생각한다면……"

로넌은 침착한 목소리로 천천히 말했다.

"카페로 가자, 로지." 그의 말이 효과를 제대로 발휘했다.

로지는 흥분을 가라앉혔다. "그래." 그녀는 잠깐 멈추었다가 말했다. "신발 갈아 신고 올게."

그들이 나가자 다른 가족들은 "당신이 이렇게 말했고 또 이렇게 말했고 또 이렇게 말했고"로 반복되는 설전을 모면하게 됐다는 데 안도의 한숨을 내쉬었다. 설전이 벌어져봐야 결국 로지는 울음을 터뜨리고 로넌은 문밖으로 뛰쳐나가기만 할 뿐, 아무 결론도 나지 않았다.

"다행이다. 매형이 어쩐 일로 그런 생각을 다 했는지 모르겠네." 앤서니가 말했다.

"그러게." 디도 맞장구쳤다.

"엄마가 방금 전에 형부한테 그러라고 했잖아요." 헬렌이 말했다. 엄마가 자기 말에 관심을 보이지 않아서 짜증이 났지만 맞는 건 맞는 거였다.

"그나저나 헬렌, 진열대 채우는 일자리에 취직하는 건 생각보다 어려울 거야. 오늘 네 군데에서 허탕 치고 거기 갔더니 육십 명이 있더라."

"그렇겠죠, 엄마." 헬렌은 기운 없이 웅얼거렸다.

하지만 디는 생기 넘쳐 보였다.

"아무튼 너희 둘 시간 뺏지 않을게. 아빠하고 내가 여기 이 식탁에서 일을 해야 하니까 너희 둘을 이제 그만 내보내야겠다. 그래도 괜찮지?"

"어디로 가라고요?" 헬렌이 물었다.

"글쎄, 나도 잘 모르겠네. 그야 너희들이 알아서 할 일이지. 밖으로 나갈래? 저녁 어떻게 하면 좋을지 생각해보든지. 아니면 너희들 방은 어때? 둘 다 방 있잖아."

"하지만 침실이잖아요!" 헬렌은 말했다.

"그냥 방이야." 엄마는 맞받아쳤다.

"알았어요." 헬렌은 이곳에 있는 누구도 자기 얘기를 들어주고 오늘 날아든 비보에 대해 공감해주지 않으리란 것을 알아차렸다. "모드와 마르코의 집으로 갈게요. 거기 가면 먹을 것도 있고 애기도 나눌 수 있으니까. 그리고 언니가 런던에 간다고 계속 떠들어댈 것 같으면 그냥 그 집에서 며칠 지내도 되느냐고 물어볼래요."

앤서니도 마침내 자신 역시 쫓겨나야 하는 신세라는 것을 깨달았다. 그는 들고 다니는 가죽가방에 아이팟과 공책과 이어폰을 챙겼다. 계단을 올라가다 말고 미심쩍은 눈빛으로 뒤돌아보니 어머니가 식탁 위로 종이와 장부를 펼치고 있었다.

디와 리엄은 종이에 적힌 숫자를 열심히 들여다보았다.

"소용없겠어." 마침내 리엄이 말했다. "내가 개인적으로 일거리를 따낸다 한들 별 도움이 안 되겠네."

"뭘 포기해야 할까?" 디가 물었다.

"내가 술을 끊을게." 리엄이 말했다.

"그건 얼마 되지도 않지." 디가 말했다. "당신이 마시면 얼마나 마신다고. 그리고 술집에 가서 일거리가 있는지 사람들한테 물어보기도 해야 하고."

"그럼 줄일 만한 게 또 없잖아." 그는 걱정스러운 듯 얼굴을 일그러뜨렸다.

"아이들이 방값을 마련할 방법을 찾지 못하면 방 하나를 세놓아야 할지도 몰라." 디는 결국 이렇게 말했다.

"그건 안 돼, 여보. 로지가 그 녀석에게 돌아간다 하더라도 헬렌과 앤서니가 각자 방을 하나씩 써야지."

"하지만 그게 꼭 여기 이 집이라야 하는 건 아니잖아." 디는 말했다.

"여긴 그 아이들 집이야." 리엄은 이 부분에 관한 한 자기 뜻을 굽힐 생각이 없었다.

디는 다른 쪽으로 접근을 시도했다.

"로지는 어차피 육 주 동안 집을 떠나 있을 거잖아. 헬렌은 모드네 집에서 신세를 질 테고. 그 친구들이 얼마나 자기한테 잘해주는지 계속 얘기하더라고. 로지가 집을 떠나 있는 동안 헬렌이 그 집에서 지내면 앞방으로 방세를 좀 벌 수 있을지 몰라."

"하지만 모르는 사람을 우리 위층에서 살게 하자고?" 리엄은 불안해했다.

"주전자랑 가스레인지를 넣어주면 되지." 디는 척척 대답했다.

"당신은 이미 전부 생각해놨구나?" 리엄이 놀라워했다.

"아니야. 나는 그냥 타오르미나 적금을 생각하고 있었어."

올해가 그들의 결혼 이십오 주년이었다. 그들은 신혼여행 때 갔던 시칠리아의 리조트에서 휴가를 보내려고 돈을 모으는 중이었고 해마다 다시 가자고 약속했다. 사기 단지에 모은 돈을 한 번도 꺼낸 적이 없었다. 하지만 여행 경비는커녕 계약금도 될까 말까 한 액수였다.

"다시 가고 싶다." 리엄이 말했다.

"그럼 가자." 디가 말했다.

그들은 종이를 더 꺼내서 다시 숫자를 계산했다. 방세로 얼마를 받을 수 있을까? 이 일대의 방 한 칸 월세가 얼마인지는 그들도 알고 있었다. 시칠리아 여행 경비를 위한 사기 단지를 채우는 데 엄청난 도움이 될 것이었다.

"근사한 여행이 될 거야." 디는 선언했다. 그녀는 자신만만하게 말했지만 사실은 그렇게 자신 있지 않았다. 앞으로 수많은 싸움이 그녀를 기다리고 있다는 것을 알기 때문이었다.

첫번째 상대는 로지였다. 로지는 그들이 램 촙을 먹고 있을 때 부엌으로 들이닥쳤다.

"냄새 끝내준다." 로지가 말했다. "하지만 비계를 잘라주면 먹을게요, 비계는 쳐다보기도 싫으니까. 그이의 새로운 계획이 뭔지 아세요? 그 집을 파는 거예요. 집을 팔자고? 지금? 요즘 누가 집을 사요. 로넌은 현실을 너무 모르는 거 아니에요? 토마토 굽는 중이라면 살짝만 구워주세요, 기름 속에서 헤엄치게 하지 말고."

디는 딸을 쳐다보았다. 예쁘게 꽃단장을 했고 반짝이는 금발은 전문가에게 손질을 받았다. 그 일을 하기 위해 갖추어야 하는 조건 중 하나였다. 로지는 자기 말고 다른 사람에 대해서는 걱정도 관심도 없다는 표정을 짓고 있었다. 디는 그녀의 딸이 어쩌다 이렇게 철없는 아이로 자랐는지 궁금했다.

"내가 다음주부터 쇼핑몰에서 일하게 됐다고 얘기했니, 로지?"

"네, 들은 것 같아요. 다른 애들은 어딨어요? 왜 안 보여요?"

"앤서니는 아마 피자 사 먹으러 나갔을 거야."

"피자 포장해서 온대요?"

"아니, 거기서 먹고 올 거 같아. 그리고 헬렌은 친구 만나러 갔어, 모드라고. 네가 런던에 가 있는 동안 그 집에서 모드와 마르코와 함께 지낼까 고민중이야."

"지금까진 그런 적 없었는데. 왜요?"

"자기 방을 셋방으로 내놓을 수 있게."

"하지만 그건 제 방이기도 하잖아요!" 로지가 외쳤다.

그녀는 확인받기 위해 아버지를 쳐다보았다. 하지만 이번만큼은 아버지가 로지를 옹호하러 나서지 않았다.

"어차피 너는 안 쓸 거잖니, 로지. 너는 런던의 호텔에서 지낼 테니까. 네 엄마랑 내가 빈방을 좀 써도 괜찮지?"

"하지만 빈방이 아니잖아요. 여긴 우리집이잖아요." 로지는 말했다.

이런 앙큼한 것. 디는 속으로 생각했다. 자기 아버지가 한 말을 그대로 따라 하다니. 그녀는 얼른 화제를 바꾸었다.

"오후에 쇼핑몰에서 너랑 만날 수도 있겠다. 내가 오후에 진열대 정리하는 일을 할 거거든. 오전에 다 팔린 물건을 다시 채워야 하니까. 네가 근무하는 매장이 슈퍼마켓 입구 근처지?"

"제가 일을 하는데 엄마가 저를 찾아오시면 음…… 제가 당황할 것 같은데…… 진열대 채우는 일을 하시는 거죠?"

"응."

"노란색 나일론 가운을 입고. 그렇죠?"

"아마 그럴 거야, 응."

"그 일 하는 직원들은 그걸 입거든요." 로지가 말했다. "그 사람들 담배 피우러 밖으로 나올 때 가끔 봐요. 엄마, 저한테 말을 걸진 않으실 거죠?"

그 순간 디에게 어떤 일이 벌어졌다. 그녀의 목소리가 아주 차가워졌다.

"응, 로지, 안 그럴 거야. 내 말 믿어도 좋아, 네 근처에 가지도 않고 내 딸한테 인사도 하지 않을 거야. 절대 그럴 일 없어."

"여보, 로지는 그런 뜻에서 한 얘기가 아니잖아." 이 집안의

중재자인 리엄이 말문을 열었다.

"그렇겠지. 하지만 나는 진심이야. 내가 로지 같은 사람을 굳이 찾아가서 말을 걸 일은 없어." 디의 말투에는 왠지 모르게 로지를 불편하게 만드는 구석이 있었다.

"저기, 엄마, 제가 지금 좀 심란해서 그래요. 로넌이 하도 어이 없는 소리를 하고 그래서요. 우리, 저녁 먹으면서 훌훌 털어버리기로 해요."

"아빠하고 나는 방금 전에 먹었어. 너도 아무데나 가서 챙겨 먹어. 혹시 방에서 먹을 거면 먹고 나서 네 옷들 좀 창고에 넣어줄래? 월요일, 그러니까 네가 떠난 다음날부터 그 방을 써야 하거든."

로지가 뭐라고 말을 하려 했지만 디가 허락하지 않았다.

"그리고 아니, 나는 훌훌 털어버리지 않을 거야. 나는 오늘 사무실 바닥을 닦고, 지저분한 테이블 냅킨을 빨고, 화장실을 청소하고, 긴 복도를 따라 청소기를 돌리면서 힘든 하루를 보냈거든. 여기서 몇 시간 더 진열대 채우는 일을 하게 돼서 기뻐. 지금까지는 내가 몇 년 전에 그 일을 시작해서 여태 하고 있고 앞으로도 몇 년 더 해야 하는 이유에 대해 궁금해한 적이 없었거든. 그런데 오늘 저녁에는 궁금하네. 내일 새벽 네시에 일어나야 하니까 이제 그만 자러 들어가서 거기에 대해 좀더 고민해봐야겠다."

"아우, 엄마, 그런 식으로 받아들이지 말아요!" 로지는 벌써 계단을 반이나 올라간 어머니를 향해 외쳤다. 어머니는 아무 대꾸가 없었다.

로지는 아버지를 쳐다보았다.

"이번에는 나도 네 엄마랑 생각이 같다." 아버지는 그저 이렇게 말했다.

"그 방을 남한테 빌려주고 싶었으면 진작 말씀하지 그러셨어요." 로지는 말했다. "저희가 하나같이 능력 있거나 뭐 그럴 수는 없는 거잖아요."

"잘 자라."

로지는 그렇게 거리감이 느껴지고, 그렇게 냉랭한 아빠의 표정은 처음 보았다.

오늘은 특이한 날이었다. 조만간 대책 회의가 열릴 게 분명했다. 평소와는 너무나 다른 일들이 벌어지고 있었다.

5장

긴급 대책 회의가 열릴 것이다. 로지는 장담할 수 있었다. 그녀는 방으로 들어가 모드와 마르코의 집에 가 있는 헬렌에게 전화했다.

"이제 막 저녁 먹으려고 식탁 앞에 앉았는데." 헬렌이 투덜거렸다.

"좋겠다, 여긴 먹을 게 하나도 없는데."

"알아. 엄마가 정말로 뒤집어엎으시려나봐. 내 얘기는 들으려고 하시지도 않고……"

로지는 밤새도록 헬렌의 학교 수학여행 얘기를 듣고 싶지 않으면 이쯤에서 말허리를 끊어야 한다는 결론을 내렸다.

"맞아, 엄마가 달라졌어. 그런데 놀라운 게 뭔지 알아? 아빠도 이번만큼은 엄마랑 생각이 같대. 상의해보지도 않고 그냥 나가 버리시더라고."

"뭘 상의해?"

"우리 방을 남한테 빌려주시겠대."

"그냥 하는 말씀이겠지. 진심이 아니라." 헬렌은 어안이 벙벙 한 목소리였다.

"진심이셔. 나는 런던에 갈 거고 너는 모드와 마르코네 집에서 사는 게 좋다니까…… 방이 하나 남을 거고, 그 방에 세입자를 들여야겠다. 이런 논리야."

"그래, 그럴 수도 있겠다. 하지만 잠깐이겠지. 그게 아니라면 너무하잖아."

"너무하다니? 누구한테 너무하다는 거야?" 로지는 물었다.

"우리!" 헬렌이 말했다. "우리집이니까."

"그런 논리는 이제 먹히지 않을걸."

"글쎄? 언니가 그러는 건 먹히지 않을지 모르지. 언니야 돌아 갈 집도 있고, 돌아오라고 계속 설득하는 남편도 있으니까. 나는 갈 데도 없고, 가진 거라고는 여행사에 진 엄청난 빚뿐이야. 다 른 데서 살 형편이 못 된다고."

"너는 스물두 살이고 학교에서 받는 월급도 있잖아. 더블린 출 신이 아닌 다른 지방에서 온 교사들은 다 지낼 데가 있더구만."

"맞아. 하지만 그 사람들은 여행사에 부당하게 엄청난 빚을 지지 않았잖아."

"그 빚은 오늘에서야 생긴 거 아니야?"

"그래서 뭐? 그래도 갚아야 하는 건 마찬가지인걸."

"우리 만나서 얘기 좀 하자, 헬렌."

"안 돼. 나 이제 가서 저녁 먹어야 해. 나는 세인트잘라스 크레센트에서 엄마 아빠한테 쫓겨난 거나 다름없어. 여기에서도 쫓겨나고 싶지는 않아."

"내가 앤서니 부를 테니까 내일 만나자."

"어디서? 집에서?"

"바보 같은 소리 하지 마, 헬렌."

"그럼 어디?"

"내가 생각해보고 문자할게." 로지가 말했다.

"무슨 일 생긴 건 아니지?" 헬렌의 친구 모드가 파스타를 내오며 물었다.

"무슨 일 생겼는지 안 생겼는지 따지지 말고 파스타나 먹자!" 마르코가 웃으며 말했다.

아, 세상 모든 사람들이 마르코와 모드처럼 천하태평이면 사는 게 얼마나 재밌을까? 헬렌은 생각했다. 엄마가 으레 식사 준비를 도맡겠거니 생각한 건 정말로 너무한 처사였을지 모르겠지만 아빠도 얘기했다시피 거긴 그들의 집이었다.

　그리고 그녀가 지탄의 대상이 될 이유는 없었다. 자식들 중에서 유일하게 제대로 된 밥벌이를 하는 사람이 헬렌이었다. 앤서니는 일을 한 적이 없었다. 단 한 번도. 로지는 결혼하고 집을 떠났다가 금세 돌아와 쇼핑몰에서 제물을 찾아다녔다. 적어도 헬렌은 공부를 하고 시험을 치고 교사 연수를 받았다. 부모님은 아무 보상도 없이 방을 비워달라고 할 게 아니라 그녀를 기특하게 여겨야 마땅했다. 작년 졸업식 때만 해도 부모님은 그녀가 정말 자랑스럽다고 했었다. 지금은 왜 그 마음이 없어졌을까? 왜 그녀의 방을 써야 하니 나가달라고 하는 걸까? 알 수 없는 일이었다.

　"얼굴 좀 그만 찡그려, 헬렌. 그러다 얼굴에 흉측한 주름살이라도 생기면 네 언니가 그거 없애자며 끌고 다닐 거야." 모드가 놀렸다.

　"헬렌 얼굴에 흉측한 주름살이 생길 일은 없어. 괜히 겁주지 마!" 마르코가 말했다. "모드, 헬렌도 너처럼 근사한 이탈리아 남자를 만나는 행운을 누릴 거야." 마르코는 모드의 목을 팔로 감싸안았다. "황홀한 이탈리아 남자를 찾을 수 있을 거야. 네가 그랬던 것처럼!"

　"아, 마르코!" 모드는 충격을 받은 척했다. "남자가 모든 문제의 해결책이라고 생각하다니. 정말 어이가 없다!"

로넌은 로지를 공항까지 데려다주겠다고 했다.

"런던에 육 주 동안 가 있는 거야. 나는 자유로운 인생을 사는 자유로운 사람이고." 로지는 한사코 마다했다.

"나도 알아, 로지. 그냥 버스비 아껴주려고 그래, 그뿐이야."

"회사에서 부담할 거야." 그녀는 자신만만하게 대답했지만 사실 확신은 없었다.

"그럼 회사 경비를 아껴주는 셈 치면 되겠다." 그는 자동차 열쇠를 달그락거리며 말했다.

"싫어. 내가 뛰쳐나오기 전까지 모든 게 아무 문제 없었다는 얘기만 늘어놓을 거잖아. 나는 좋았던 기억이 하나도 없어. 지옥 같았다고."

"내가 기억하기로 그 정도로 끔찍하지는 않았는데." 로넌이 말했다.

"그렇겠지. 내가 청소하고 밥하고 다림질하는 동안 당신은 계속 나가 있었으니까. 어우, 날마다 셔츠 다림질하는 거 진짜……"

"다림질은 내가 해도 돼." 로넌이 말했다.

"그렇지, 언제나 당신이 해도 됐어. 하지만 한 적 있었니? 없었지. 단 한 번도."

"앞으로는 할게."

"아니, 한 이틀 하겠지. 그러고는 또 집밖으로 나돌 거고."

"로지, 나는 당신과 나를 위해서 일하러 나간 거잖아. 당신도 알면서 왜 그래. 나는 하루종일 집에서 소꿉장난하겠다고 한 적 없어."

"하지만 당신은 집에 있던 적이 없었어."

"고객들 만나러 다녀야 하니까. 당신도 같이 가도 된다고 했잖아."

"술집에서 치근대는 술꾼들 상대하면서 기다리고 있으라고? 고맙지만 사양할게."

"하지만 술집에 안주 파는 게 내 일인데 어쩌라고. 술집이 내 직장이라고, 로지. 제발 억지 좀 부리지 마!"

"억지 부리지 말라고? 누가 억지를 부린다고 그래? 다른 여자들 같았으면 어떻게 했을지 당신이 안다면 나더러 억지 부린다고 못할걸? 나는 우리가 실수했다고, 이렇게는 못 살겠다고 하면서 그냥 나왔잖아. 거기에 무슨 억지가 있어? 나는 진실을 말했을 뿐이야. 우리는 눈만 마주치면 싸웠잖아."

"하지만 서로 사랑했으니까 결혼한 거 아니야?" 로넌은 곤혹스러워했다.

로지는 피곤해졌다. "저기, 내가 런던 갔다 오면 다시 얘기하자, 로넌. 약속할게. 그나저나 그때까지 머리 누일 곳이 남아 있어야 할 텐데. 엄마가 우리를 전부 내쫓고 우리집을 게스트하우스로 바꾸려 하고 있거든."

"왜?" 로넌은 장모를 좋아했다. 그런 짓을 저지르다니 그녀답지 않게 느껴졌다.

"나도 모르겠어. 돈 때문이겠지."

"그럼 다 같이 생활비를 보태지 그래?"

"거긴 우리집이잖아, 로넌. 자기 집에 살면서 돈을 내는 사람이 어딨어."

"나는 부모님이랑 같이 살 때 그랬는데." 로넌이 말했다.

"그야 당신 가족은 반쯤 미쳤기 때문이지." 로지는 말은 그렇게 했지만 마음이 불편해졌다.

디와 조시는 고객인 미스 메이슨을 만나는 순간을 기다렸다.

미스 메이슨은 그날이 자신의 예순네번째 생일이라고 했다. 두 사람은 그 말을 듣고 놀란 척했지만 사실은 그녀가 여든 살쯤 되는 줄 알았다. 미스 메이슨은 워낙 기운이 없었고 나가서 일을 하지 않았다. 그런데 나이가 그것밖에 안 되었다니!

그들은 몰래 빠져나가 작은 케이크를 사온 뒤 차를 따라놓고 생일 축하 노래를 부르며 호들갑을 떨었다.

미스 메이슨은 손뼉을 치며 감격스러워했다. 그녀의 조카 릴

리가 차 마시는 시간쯤에 놀러온다기에 조시와 디는 조촐하게
다과를 준비했다.

릴리는 시골에서 살다가 삶에 변화를 주게 된 모양이었다. 더
블린으로 거처를 옮기기로 결정하면서 살 집을 찾고 있었다. 디
와 조시는 릴리를 몇 번 만난 적이 있었다. 그녀는 키가 크고 혈
색이 창백한 아가씨로 긴 카디건을 입고 다녔고, 이모를 좋아해
항상 신경써서 고른 선물을 들고 왔다. 발 받침대, 의자 옆에 놓
을 잡지꽂이, 성능이 아주 좋은 독서등 같은.

"독립해서 지낼 만한 곳을 찾을 때까지 우리집에서 몇 주 살아
도 되는데요." 디가 불쑥 얘기를 꺼냈다.

조시의 입이 떡 벌어졌다. "하지만 너희 집에는 빈방이 없잖
아. 세인트잘라스 크레센트에 있는 집들은 전부 방 세 개짜리 아
니야?" 그녀는 어리둥절해하며 디에게 물었다.

"빈방 있어. 리엄이 오늘 그 방에 페인트를 새로 칠하고 있어.
딸들이 썼던 방 말이야."

"딸들은 어디 가고?" 조시는 요즘 들어 디의 심중을 이해하기
가 힘들었다.

"로지는 화장품 영업 연수 받으러 런던에 가."

"그럼 헬렌은?"

"헬렌은 친구네 집에서 살 거고."

"어머나, 그럼 잘된 거네!" 조시는 디가 원하는 대로 된 것을 알고 기뻐했다.

"그러니까 빈방이 있는 거야, 디?" 미스 메이슨이 궁금해했다.

"별거 없는 방이지만 온다면 대환영이에요."

"걔가 간호사라 돈은 많지 않아도 시세대로 방값을 낼 거야. 릴리가 디네 집에서 지내면 나는 참 좋겠네. 사람을 잘 따르고 나한테는 딸 같은 아이라. 이 집에서 살면 내 뒤치다꺼리를 하느라 자기 시간이 없을 것 같아서 싫어."

"저희 집이 좀 재미없을 수도 있어요."

"아니야, 릴리가 안전한 곳에서 지냈으면 하는 마음도 있거든. 너무 오랫동안 집에 틀어박혀서 지냈던 아이라."

"동생분의 따님이죠?"

"그렇지, 내 동생 로라의 딸이야. 행운의 여신 로라라고 불렸지."

"행운이 많이 따르던 분이었어요?" 디가 물었다. 미스 메이슨은 지금껏 자기 여동생 얘기를 한 번도 한 적이 없었다.

"응. 원하던 걸 전부 이루었거든." 그녀는 크게 한숨을 쉬고 더는 아무 말도 하지 않았다.

디는 바삐 움직여 일을 마쳤다. 미스 메이슨은 계속 의자에 앉아서 앞을 쳐다보고 있었다.

"저 이제 그만 가볼게요, 미스 메이슨. 여기에 저희 집 주소랑 제 전화번호 적어놓을게요. 오늘 오후에 제가 집에 있을 테니까 조카분이 와서 한번 보고 싶다고 하면 말씀 전해주세요."

"마음에 들어할 거야, 디." 그녀는 계속 슬픈 표정을 짓고 있었다.

디는 미스 메이슨의 집안에 어떤 사연이 숨겨져 있을지 궁금해하며 조시의 밴에 올라탔다.

"자매끼리 사이가 별로 안 좋은가봐." 조시가 말했다.

"릴리라는 조카는 괜찮던데. 우리집 마음에 들어했으면 좋겠다."

릴리는 그 집이 마음에 들었다.

"방이 참 예쁘네요. 깨끗하고 반짝반짝하고 창가에 화단까지 있고! 예뻐요, 미시즈 놀런."

"나는 디, 이쪽은 리엄이에요. 정말로 마음에 들어요?"

"훌륭해요. 저 언제 들어올 수 있을까요? 이번 주말에 가능할까요?"

"그때쯤이면 페인트 냄새도 빠질 거예요." 리엄이 말했다.

"그럼 한 달치 월세를 선불로 드릴게요. 그래도 될까요?" 릴리가 제안했다.

"뭐, 마음 정했으면 그렇게 해요. 여기, 집 열쇠요." 디가 말했다.

릴리가 가자 디는 리엄에게 돈을 보여주었다. 그는 믿기지가 않았다. 두 사람은 부엌을 뱅글뱅글 돌며 같이 춤을 추었다. 금액이 제법 됐다. 어쩌면 그들은 힘든 시기를 잘 극복할 수 있을지도 몰랐다. 어쩌면이었지만 그걸로 충분했다.

앤서니가 들어와 잠시 부모님을 지켜보았다. 두 사람은 뱅글뱅글 돌고 또 돌았다. 그는 휴대전화를 꺼내들고 의자에 앉아서 두 누나에게 문자를 보냈다.

상황이 어떻게 돌아가고 있는지 알려달라고 했지? 이보다 더 나쁠 수는 없어. 삼 일째 아무것도 못 얻어먹었고, 집에서는 페인트와 테레빈유 냄새가 진동하고, 이제 엄마 아빠는 부엌에서 빙글빙글 춤을 추고 있어. 무슨 음악이라도 틀어놓은 것처럼. 두 분 완전히 미쳤어.

앤서니

6장

릴리는 적응을 아주 잘했다. 앤서니가 보기에는 지나치게 잘했다. 요즘은 집에 있으면 전과 다른 세상처럼 느껴졌다.

그는 이 점에 대해 누나들에게 주기적으로 문자를 보냈지만 그들은 이게 얼마나 심각한 사태인지 전혀 이해하지 못하는 눈치였다. 그리고 생활이 좋지 않은 쪽으로 얼마나 달라졌는지도.

릴리는 세인트브리지드병원의 간호사였다. 아침 일곱시 삼십분에 출근했고 퇴근하면 혼자 저녁을 만들어 먹었다. 요즘은 저녁때 아무도 식탁에 둘러앉지 않았다. 엄마와 아빠는 시칠리아 지도를 들여다보거나 뒷마당의 오래된 창고에 새로 페인트칠을 하거나 일주일에 몇 번 저녁때 중고품 할인매장에서 아르바이트를 하는 릴리를 돕느라 항상 바빴다.

릴리는 가끔 자기 이모를 찾아갔다. 엄마의 지인인, 근사한 아파트에 사는 이모였다. 그녀는 두 사람이 먹을 저녁을 간단하게 준비해 가는 것을 좋아한다고 했다. 그녀가 어떤 사람인지는 설명하기 어려웠다. 인상은 성모상처럼 온화했다. 나이는 스물다섯 살일 수도, 서른다섯 살일 수도, 마흔다섯 살일 수도 있어 보였다. 사실 가늠하기가 불가능했다. 머리는 곱슬기가 없는 금발이었고 거의 항상 긴 회색 카디건을 입고 다녔다. 냉장고의 전용 칸에 건강식과, 콩이나 코코넛으로 만든 희한한 음료를 보관했다.

엄마는 릴리가 마음에 든다고 했다. 그보다 더 반듯한 아가씨가 과연 있을까 싶었고, 월세를 제법 내는데도 항상 집안일을 거들었다. 주말마다 열심히 일을 했다. 지금도 밖에서 리엄과 함께 마당을 파헤치고 있었다. 그들에게 브리지 게임을 가르쳐주기도 했다. 브리지는 같은 팀원에게 자기가 어떤 패를 쥐고 있는지 눈치로 알려주어야 하는데 실제로는 대개 엉뚱한 메시지가 전달되는 아주 복잡한 게임이었다.

헬렌과 로지는 이런 문자를 읽고 엄청 혼란스러워했다.

앤서니가 미친 거 아닌가? 엄마와 아빠가 브리지 게임을 한다고? 냉장고에 전용 칸이 있다고? 어째 그들이 그 집으로 돌아갈 길이 요원해 보였다.

헬렌은 모드와 마르코에게 그 집에서 신세를 지는 동안 방값을 내겠다고 했지만 그들은 됐다고, 그럴 것 없다고 했다. 그녀는 친구이고 며칠 머물다 갈 테니 다른 친구들처럼 지내야 된다고 했다. 그래서 헬렌은 살림에 보탤 생각으로 먹을 거라도 좀 살까 했지만 그들이 식당을 하는 이상 그것도 말이 안 됐다.

헬렌은 그들이 좋아할 만한 다른 걸 생각해보려고 했지만 너무 바빴다. 학교에서는 격무에 시달렸고, 여행사에서는 압력을 가했고, 앤서니가 문자로 알려주는 집안 상황은 걱정스러웠다. 퇴근해 토마토소스로 만든 미트볼이나 조갯살을 넣은 파스타 접시 앞에 털썩 주저앉을 때까지 숨 돌릴 틈이 없었다. 그녀는 그 집의 작은 손님방에서 깊은 잠을 잤고 아침에 먹은 살라미와 치즈와 갓 구운 바삭바삭한 빵으로 하루를 버텼다.

주말에 그들을 데리고 나가서 맛있는 음식을 사주려고 했지만 그것도 여의치가 않았다. 주말에는 식당이 너무 바빠서 그들이 시간을 낼 수가 없었다. 게다가 헬렌은 사악한 여행사에서 요구하는 엄청난 청구서를 감당하느라 외국인들에게 영어를 가르치는 수업을 추가로 맡고 있었다. 그러느라 너무 피곤했고, 앤서니가 보내는 쓸모없는 문자는 불난 집에 부채질하는 격이었다.

그나마 로지는 런던에 간 이후에 정신을 좀 차렸다. 예전처럼 로넌을 공격하는 데 모든 시간을 할애하지 않았다. 하이힐 때문에 다리가 쑤신다고 투덜거리지도 않았고 런던은 더블린과 전혀 다르다고 했다.

그 말을 보내는 문자마다 했다. 헬렌은 그 단어가 지긋지긋해졌다.

앤서니는 집이 달라졌다 하고 로지는 런던은 다르다고 했다.

헬렌의 일상은 전과 다를 게 없었다. 집에서보다 맛있는 아침을 먹고 다니기는 했지만, 멀쩡한 여자에게 어울리는 남자가 없다는 고민은 여전했다. 그런데 다들 모든 게 달라졌다고 호들갑을 떠는 이유가 뭘까?

헬렌은 한숨을 쉬었다.

모드와 마르코처럼 사랑하는 사람이 있다면 얼마나 좋을까. 그들은 다른 사람은 거의 안중에도 없었다. 주방에서 같이 웃고 서로를 어루만지다가도 나가서 손님을 상대할 때면 프로로 변신했다. 집에서는 아주 조그만 소파에 딱 붙어앉아서 속닥였다. 헬렌은 둘이서만 있을 수 있게 가끔 외출을 했다. 그들은 너무 착해서 그녀를 집에 혼자 두고 나가지 못했다. 헬렌은 그렇게 죽고 못 사는 상대가 있으면 얼마나 좋을까 하는 생각이 들었다. 지금까지 한 번도 느껴본 적 없는 감정이었다.

모드의 쌍둥이 남동생 사이먼이 문자를 보냈다. 모드가 그 문자를 읽어주었다.

사이먼은 자기가 일하는 레스토랑이 받은 호평을 문자에 적어 보냈다. 정치인, 영화배우, 사업가 같은 대단한 사람들이 찾는 레스토랑이었다. 그는 엄청나게 반응이 좋았던 레시피와 제철 재료 활용법에 대해 알려주면서 육 개월 뒤까지 예약이 꽉 찼다고 했다.

"아주 신난 것 같네." 헬렌이 말했다.

당연히 헬렌도 사이먼과 아는 사이였다. 그들은 한동네에서 자랐다. 그는 모드보다 진지하고 조금 심각한 분위기를 풍겼는데, 외국에 나간 뒤로 한 번도 보지 못했다.

"일을 아주 잘하고 있어." 마르코가 인정한다는 투로 말했다.

"미친듯이 외로워하고 있고." 모드는 딱 잘라서 말했다.

"하지만 자기가 얼마나 잘살고 있는지 이렇게 열심히 얘기하는데?" 헬렌은 어리둥절했다.

"향수병에 걸렸다는 증거지." 모드는 확신했다.

"뭐, 그래도 요즘 같은 때 돌아오는 건 말이 안 되지." 헬렌은 거침없이 말했다. "식당들이 일주일에 하나꼴로 문을 닫고 있잖아. 아니, 하루에 하나꼴인가?" 그녀는 모드와 마르코가 상처받은 표정을 짓고 있는 것을 보았다. "너희 식당은 당연히 그럴 일 없지만." 그녀는 얼른 덧붙였지만 너무 늦었다.

그날 저녁의 분위기는 가라앉아버렸다.

로지는 앤서니와 헬렌에게 이런 문자를 보냈다.

런던에서 지낸 지 일주일이 지났네. 연수는 훌륭하고 배우는 게 많아. 여섯시에 끝나는데, 끝나도 커피나 술이나 뭐 그런 걸 마시러 가진 않아. 대부분 아주, 아주 먼 데 살거든. 나는 수업이 끝나면 호텔로 돌아가서 푸짐한 식사를 해. 매일 식당에서 혼자 저녁을 먹으려니 주책인 것 같아서 룸서비스로 시켜 먹어. 바에는 갈 수 없어. 사람들이 나를 업소 여자인 줄 알거든. 좀 이상해. 나는 공책에 필기한 걸 복습해. 텔레비전을 봐. 이렇게 사는 게 맞는 거야?

로지

앤서니는 헬렌과 로지에게 이런 문자를 보냈다.

로지 누나는 런던에서 재밌는 시간 보내는 것 같아서, 헬렌 누나는 모드와 마르코와 잘 지내는 것 같아서 다행이야. 나는 여기서 엄청 소외감을 느끼고 있어. 엄마 아빠가 나한테 화를 내거나 그러는 건 아닌데, 마치 내가 그냥 길 가다 집에 들어온 사람이 된 느낌이야. 엄마 아빠는 매일 나를 볼 때마다 놀라시는 것 같아. 끼니를 챙겨주지도 않으시고. 내가 무슨 달나라에 가겠다고 한 것처럼 나를 보고는 "아, 세탁기 쓸 거니?" 하신다니까. 엄마 아빠가 내 방에도 눈독을 들이시는 듯한 느낌이야. 릴리 말로는 자기 병원에서 일하는 간호사들 누구라도 우리집에서 살고 싶어할 거라고 해. 나는 이유를 잘 모르겠지만. 내 친구들 중에 넓은 아파트로 독립하려는 애가 몇 명 있거든. 걔들이랑 같이 살까봐.

앞으로는 더 좋은 소식 전할 수 있으면 좋겠다.

앤서니

헬렌은 로지와 앤서니에게 이런 문자를 보냈다.

이런 말 하게 될 줄은 꿈에도 몰랐는데 언니랑 앤서니 보고 싶다. 이제는 잘 모르겠는 일이 너무 많아. 모드랑 그애 남동생 사이먼은 할아버지 할머니와 같이 살 때 항상 집에 돈을 냈다고 하고, 마르코도 아버지에게 매주 아파트 임대료를 내고 있대. 다들 그러나본데, 우리도 그랬어야 하는 거 아닐까? 그리고 또하나. 모드는 매주 화요일에 할머니 집을 찾아가서 빨래와 다림질을 해드리고 재밌게 수다를 떨다가 와. 우리는 할머니 할아버지한테 그렇게 해드린 적이 한 번도 없었잖아. 그분들과 같이 산 적 없다는 건 나도 알아. 하지만 엄마와 아빠한테도 그렇게 해드린 적이 없단 말이지. 우리 학교 교직원들은 전부 부모님이랑 같이 사는데, 다들 어떤 식으로든 대가를 지불하더라고. 우리도 뭔가 드려야 하나 싶어서 하는 얘기야. 어떻게 생각해?

헬렌

미스 메이슨은 디에게 릴리가 디의 집에 너무나 만족한다고 했다.

"네, 요즘은 모든 면에서 거의 완벽해요." 디는 말했다. "그런데 딱 한 가지 걱정되는 부분이 있어요. 애들이 사회생활을 시작했을 때 저희가 집안 살림에 보태라는 얘기를 하지 않았더니 아예 그럴 생각을 하지 않더라고요. 저는 뼈빠지게 일하는데 애들은 집에 가만히 앉아서 살림을 거덜내는 걸 보고 있자니 울화통이 터지기 시작했어요. 제가 아침에 마실 우유를 사다놓고, 제가 자기들 옷을 다려주고, 제가 밤낮으로 아무때나 먹을 수 있게 냉장고에 온갖 음식을 채워넣는 걸 당연하게 생각하더라고요. 그래서 이제는 서로 감정이 조금 상했어요."

"릴리가 쓰고 있는 방 때문에?" 미스 메이슨이 물었다.

"그건 빙산의 일각이에요. 뭔가 조치를 취해야 할 때였어요, 사태가 심각했던 수준이라. 로지는 런던으로 연수를 받으러 가야 했어요. 나중에는 남편 곁으로 돌아가야 할 테고요. 그리고 헬렌은 완벽한 인생을 사는 것처럼 보이는 모드와 마르코를 계속 부러워했어요. 앤서니는 현실에 눈을 뜰 필요가 있었고요. 하지만 후회가 돼요. 진작 애들한테 금요일마다 좀 도와달라고 했더라면 집안이 제대로 굴러갔을 테고 우리 가족은 계속 그렇게 살 수도 있었을 텐데."

"그 방을 다시 딸들이 쓸 수 있게 내가 릴리가 지낼 만한 다른 데를 알아볼까?" 미스 메이슨이 물었다.

"아뇨, 그런 뜻에서 드리는 말씀이 아니에요. 저는 릴리랑 같이 사는 게 좋고, 이제 앤서니까지 나가면 릴리의 친구 앤절라가 그 방을 쓸 거예요. 하지만 마음이 불편해요. 제 자식들을 내쫓고 월세를 낼 남을 두 명 들이고 있으니 말이에요. 제가 못된 욕심쟁이처럼 보이지 않겠어요?"

"못된 욕심쟁이라니 무슨."

"하지만 제 잘못이에요, 미스 메이슨. 제가 애들한테 얘기한 적이 없었거든요. 애들은 집안에 뭔가 보탬이 되어야 한다는 생각이 없었어요. 애들 아빠는 계속 그 아이들 집이기도 하다고 했고요."

"심란해하지 마, 디. 차나 한잔 더 만들어줘. 같이 앉아서 이 문제를 해결할 수 있을지 고민해보자고." 미스 메이슨은 문제 해결을 좋아했다. 이건 분명 어려운 문제였다. "한 가지 중요한 건,

애들을 그냥 내보내기만 하면 안 된다는 거야. 그러면 애들이 아무것도 배우질 못하지. 현재 상황을 통해 과거에 어떤 부분이 잘못됐었는지를 가르쳐줘야 해."

7장

디가 세인트잘라스 크레센트의 집으로 돌아가보니 사위 로넌이 릴리와 같이 커피를 마시고 있었다.

릴리는 당장 벌떡 일어나 디의 짐을 받아들고 잘 다녀왔느냐고 인사했다. 로지라면 돋보기 거울에서 얼굴을 들지 않았을 것이다. 헬렌이라면 맡고 있는 프로젝트에서 눈을 떼지 않았을 것이다. 앤서니라면 이어폰을 낀 채로 그녀를 향해 웃어 보였을 것이다. 릴리 이전에는 어느 누구도 디가 어떤 하루를 보냈는지 관심을 보이지 않았다. 그리고 릴리가 정말 궁금해했기 때문에 로넌도 관심을 보였다.

"그 리크는 어떻게 요리해서 드세요?" 그가 물었다.

디는 로넌을 쳐다보았다. 로지가 이 아이를 그렇게 미워하게 된 이유가 뭘까? 디가 보기에는 상당히 괜찮은 아이였다. 어쩌면 좀 평범할지 모르고 축구와 맥주를 좋아하지만, 그건 로지도 알던 사실이었으니 뜬금없는 부분이 아니었다.

"접시에 담아서 위에 사워크림을 얹고 삼십 분쯤 끓여. 그런 다음 치즈가루랑 빵가루를 얹어서 다시 삼십 분을 더 끓이고."

"엄청 맛있겠어요." 로넌이 말했다.

"그럼, 음. 리엄이랑 나 먹을 만큼밖에 안 사왔지만 맛을 보고 싶으면……"

"아우, 아니에요. 괜찮아요. 그냥 궁금해서 여쭤본 거예요."

"요즘 집에서 식사는 혼자 해먹니?"

"그렇지는 않아요. 퇴근하는 길에 피시 앤드 칩스나 중국음식 먹고 들어가요."

그는 슬프고 외로워 보였지만 디는 마음을 단단히 먹었다. 개입은 금물이었다. 그게 원칙이었다. 모든 친구들이 입을 모아 충고하길 양쪽 모두에게 아무 말도 하지 말라고 했다. 아이들은 어차피 자기들이 원하는 대로 할 테고, 뭐가 됐든 의견을 밝혔다가는 세상에서 가장 몹쓸 부모가 될 거라고. 아무 말 없이 그냥 계속 고개를 끄덕이며 웃기만 하라고 했다.

릴리가 다들 마실 수 있게 커피를 좀더 따랐다.

"로지와 저의 문제가 뭔지 혹시 알겠느냐고 릴리 씨한테 조언을 구하고 있었어요." 로넌이 말했다. "릴리 씨도 뭐가 문제인지 잘 모르겠다고 하네요." 그는 혼란스러워하는 표정이었다.

"두 분이서 대화로 해결해야 하지 않느냐고 얘기하고 있었어요." 릴리가 설명했다.

"그런데 문제는 로지가 런던에 있단 거죠." 로넌이 말했다.

"아마 거기서 많이 외로울 거예요." 릴리가 말했다.

"설마, 아닐걸요? 같이 연수 듣는 사람들도 있을 테고 로지는 어딜 가든 외로워할 타입이 아니에요."

릴리는 어깨를 으쓱했다. "대도시가 얼마나 외로울 수 있는지 아세요?" 그녀가 말했다.

머리 위에서 전등이 켜진 것처럼 로넌에게 좋은 생각이 퍼뜩 떠올랐다. "제가 거기로 찾아가서……" 그가 말을 꺼냈다.

"그러게, 우연히 그쪽으로 갈 일이 생기면……" 디는 애매하게 말했다.

"직접 확인하기 전에는 로지가 어떻게 지내고 있을지 아무도 모를 일이죠." 릴리가 말을 이었다.

로넌은 자리에서 일어났다. "다음주에 런던으로 찾아가봐야 겠어요." 그가 말했다.

두 여자는 그러라는 뜻에서 고개를 끄덕였고 로넌은 자리를 떴다.

"두 사람이 어쩌다 사이가 틀어진 거예요?" 릴리가 물었다.

"그걸 알면 내가 점쟁이게요? 내가 아는 건 로지의 불만사항뿐이에요. 로넌이 너무 일만 한다, 하루종일 밖에 있는다, 셔츠를 다려달라고 한다, 로지가 하는 일을 하찮게 여긴다. 이런 리스트가 끝도 없이 이어져요. 그중에서 중요한 건 하나도 없고. 자기가 꿈꿔왔던 동화하고 달랐다, 이거죠."

"그럼 두 사람이 다시 합칠 가능성도 있어요?" 릴리는 해피엔딩을 바랐다.

"당연히 그렇겠죠. 우리 모두를 미치게 만든 뒤에." 디는 한숨을 쉬었다.

"혹시 로지가 자기 방을 되찾고 싶어할까요?" 릴리는 궁금해했다.

"자기 방을 다른 사람이 쓰고 있다는 걸 다시 한번 말해줘야겠지만 이미 알고 있긴 해요."

"만에 하나라도 제가……"

"당신하고는 아무 상관 없는 일이에요, 릴리." 디는 단호했다. "하지만 나 좀 도와줄래요? 일요일에 헬렌, 앤서니, 로넌 그리고 당신이랑 앤절라까지 불러서 근사한 점심을 대접하고 싶거든요."

앤서니가 로지에게 이런 문자를 보냈다.

엄마가 일요일에 점심 같이 먹자고 나를 초대하셨어. 헬렌 누나하고 매형도 초대한 것 같아. 끔찍한 릴리하고 앤절라한테 싫증이 나신 걸까? 응. 앤절라가 내 방을 쓰는 새로운 세입자야. 내가 지금 지내는 곳은 나쁘진 않지만, 개수대에 씻어야 하는 그릇들이 넘쳐나고 아무도 쓰레기를 치우지 않아. 일요일에 어땠는지 나중에 얘기해줄게.

앤서니

헬렌은 로지에게 이런 문자를 보냈다.

여행사 쪽은 전망이 밝아졌어. 내가 부담해야 하는 금액이 걱정했던 것만큼 많지는 않을 것 같아. 요즘 이 집은 분위기가 조금 우울해. 모드하고 마르코한테 그 소식을 전하면 둘이 기뻐할 줄 알았더니 마르코가 그러는 거야. 그럼 이제 방세를 냈으면 좋겠다고. 모드는 카펫만 쳐다봤고. 내가 돈을 꺼내면서 '좋아, 얼마 내면 돼?' 했더니 모드가 나중에 다들 흥분이 좀 가라앉았을 때 다시 얘기하자고 그러더라. 여태껏 두 사람은 나를 친구가 아니라 세입자로 생각하고 있었던 거야. 엄마가 일요일에 같이 점심 먹자고 하셔. 이유는 모르겠지만 아무튼 나는 갈 거야.

두 사람이 이 집에서 오붓하게 시간을 보낼 수 있게. 엄마 말로
는 형부도 온다고 했던 것 같은데.

헬렌

로넌은 로지에게 이런 문자를 보냈다.

당신 스토킹하려는 건 아니지만 월요일 저녁에 런던에 갈 일
이 생겼는데 같이 저녁 먹을래? 싫으면 다른 거라도. 당신이 정
해. 난 뭐든 좋아. 어머님 아버님께서 일요일 점심 같이 먹자고
집으로 초대하셨어. 어머님이 문자를 보내셨더라. 나 정식으로
초대받은 거야. 대충 어슬렁어슬렁 찾아가는 게 아니라. 그냥
알고 있으라고.

로넌

로지는 로넌에게 이런 문자를 보냈다.

시작부터가 거짓말이네. 엄마는 문자 안 보내. 문자 보낼 줄
몰라. 손가락이 너무 굵어서 못 보내겠다고 했어. 내가 왜 당신
을 만나야 하는데? 그럴듯한 이유를 하나만 대봐.

로지

일요일은 런던에서 보내기에 외로운 날이었다. 다들 할일이 있고 갈 데가 있어 보였다.

로지만 예외였다.

로넌이 런던에 올 일이 있다면 왜 일요일에 올 수 없을까? 회사에서 무슨 일을 시켰길래 런던에 온다는 걸까? 엄마가 점심때 그렇게 파티를 벌이는 이유가 뭘까? 로지도 그 자리에 참석하고 싶었다. 가슴에 커다란 구멍이 휑하니 뚫린 느낌이었다.

이게 어쩌면 사람들이 말하는 향수병일까?

릴리의 도움으로 부엌이 변신했다. 이쪽에 살짝 페인트칠을 하고, 저쪽 창가에 화단을 설치하고, 식탁에는 깔끔한 테이블 냅킨을 세팅했다.

심지어 셰리주도 한 병 있었다. 놀런 집안에서는 처음 있는 일이었다. 디는 와인도 몇 병 사려다 말았다.

"아이들이 들고 오지 않을까요?" 릴리가 물었다.

"마음을 비울래요." 디는 말했다.

릴리에게는 만일의 경우에 대비해서 방에 쟁여놓은 와인이 있었다.

양다리가 오븐에서 구워지고 있었다. 샐러드는 다 버무려졌다. 디는 근사한 검은색 원피스에 분홍색 실크 장미를 꽂았다. 리엄은 집에서는 거의 입은 적 없는 재킷을 걸쳤다. 모든 준비가 끝났다.

헬렌이 제일 먼저 도착했다.

그녀가 막 출발하려 할 때 모드가 들고 가라며 와인을 한 병 챙겨주었다.

"엄마 아빠는 이런 거 바라지 않으실 거야. 평소처럼 부엌에서 점심 먹자는 건데, 뭐." 헬렌은 말했다.

"그럼 깜짝 선물도 되고 좋겠네." 모드는 말했다.

헬렌은 와인을 건네며 부엌을 둘러보았다. 전과 아주 달라졌고 왠지 모르게 더 넓어 보였다.

"이거 아주 비싼 와인인데." 아버지가 말했다.

헬렌은 놀란 티를 내지 않았다. "두 분은 그런 와인을 드실 자격이 있어요." 돌아가면 모드에게 잊지 않고 고맙다는 인사를 해야겠다고 다짐했다. 완벽한 선물이었다.

로넌은 쇼트브레드 한 통을 들고 왔다. 키가 크고 검은색 곱슬머리에 커다란 안경 때문에 눈이 커 보이는 앤절라는 치즈와 포도를 들고 왔다. 릴리는 화분을 샀다.

앤서니만 아무것도 들고 오지 않았다. 그는 자기 혼자 빈손으로 왔다는 걸 뒤늦게 알아차렸다.

"죄송해요, 엄마. 뭐라도 좀 사오려고 했는데." 그는 살짝 더듬거리며 말했다.

"괜찮아." 디는 딱딱하게 말했다. "다음번에 사오면 되지 뭐."

"그럴게요, 엄마." 앤서니는 혼란스러웠다. 엄마가 변한 것 같았다. 그는 상황을 모면하기 위해 아버지를 쳐다보았다.

"제 맘 아시죠, 아빠?" 그는 물었다.

"그래, 네 엄마 말이 맞다. 다음번에 사오면 되지." 아빠는 서글서글하게 말했다.

앤서니는 당황하며 아빠를 쳐다보았다. 아니, 아빠마저? 도대체 이 집에서 무슨 일이 벌어진 걸까?

리엄이 양고기를 썰었다. 다들 맛이 끝내준다고 했다. 앤절라와 릴리가 계속 그 말을 반복하자 앤서니와 헬렌도 칭찬 세례에 조금씩 합류하게 되었다.

"양다리를 통째로 이렇게 제대로 구우시다니 대단하세요." 앤절라가 말했다.

"우리집에서는 일요일마다 양다리를 통째 구워 먹었어요." 디가 말했다.

헬렌과 앤서니는 얼떨떨한 표정으로 서로를 쳐다보았다. 일요일마다 양다리를 통째 구워 먹었다고?

헬렌은 기억을 더듬어보았다. 그랬다. 어머니가 일요일마다 뭔가를 구웠던 것 같기도 했다. 헬렌은 사실 관심을 둔 적이 없었다. 그냥 앉아서 언제나처럼 먹기만 했었다. 호들갑을 떨고 테이블 냅킨과 셰리주를 두고 선물을 들고 오는 일은 없었다. 그건 단순히 세입자들에게 잘 보이기 위한 조치였다.

헬렌은 간호사들이 방값으로 얼마를 내는지 궁금해서 죽을 지경이었다. 하지만 물어볼 수는 없었다. 어쩌면 로지는 알지도 몰랐다. 나중에 문자로 물어볼 것이다. 그런가 하면 언제 그녀의 방에 들어가 옷을 몇 벌 더 챙길 수 있을지도 요령껏 물어봐야 했다. 요즘은 여러모로 신경쓸 게 많아서 살얼음판 위를 걷듯 조심해야 했다. 아빠를 생각해서 실직이라는 단어도 쓰지 말아야 했고, 엄마와 아빠는 휴가를 한 번도 즐긴 적이 없으니 그런 쪽으로도 함구해야 했다. 엄마가 이 두 명의 간호사를 데리고 새로운 가족을 꾸린 것 같으니 사실상 그 어떤 얘기도 하기 힘들었다. 물론 간호사들은 나쁘지 않았고 아주 예의가 발랐지만 세인트잘라스 크레센트의 이 집이 무슨 대저택이라도 되는 양 계속 아부를 떨었다.

"엄마, 괜찮으면 저 옷 몇 벌만 챙겨가도 될까요?" 마침내 점심식사가 끝났을 때 헬렌이 물었다.

"그럼, 아무때나 가져가. 그런데 옷 넣어 갈 가방은 들고 왔니?" 엄마는 전혀 문제삼지 않는 눈치였다.

"하지만 그래도 괜찮겠어요, 릴리? 이제 그 방은 당신 방이나 다름없는데."

"아, 네 옷은 릴리의 방이 아니라 부엌 뒷방에 있어." 엄마는 헬렌이 릴리의 방을 드나들고 싶어한다는 데 놀란 듯 보였다.

"부엌 뒷방? 그 축축한 곳에요?" 헬렌은 믿기지가 않아서 충격에 빠진 목소리로 외쳤다. "아빠, 엄마가 제 옷을 어디로 치웠는지 들으셨어요?"

"축축하지 않아, 헬렌. 내가 난방을 충분히 땠거든."

"거긴 창고나 다름없잖아요!" 그녀는 울부짖었다.

"지금은 아니야." 아버지가 말했다.

헬렌은 벌떡 일어나 작은 부엌 뒷방으로 갔다. 방은 완전히 개조되어서, 벽에는 흰색 페인트를 칠했고 창문에는 빨간색과 하얀색 커튼을 달아놓았다. 한쪽 벽에는 주홍색 커버를 씌운 소파 베드가, 다른 쪽 벽에는 행거가 세 개 있었다. 헬렌은 그녀의 이름표가 달린 행거에 원피스, 블라우스, 스커트가 깔끔하게 걸려 있는 것을 보았다. 행거 아래에 상자가 있었고 모두 그녀의 이름이 적혀 있었다. 신발과 속옷인 듯했다.

하지만 이건 너무 일방적이었다. 허락도 없이 그녀의 소지품을 모두 방에서 여기로 옮기다니. 게다가 아빠는 입버릇처럼 "여긴 너희 집이야"라고 하지 않았던가. 헬렌은 믿기지가 않아서 방 안을 두리번거렸다.

앤서니와 로지의 행거와 상자도 있었다. 그들도 이걸 보면 그녀처럼 어리둥절하고 심란할 것이다. 헬렌이 다시 식탁으로 돌아가보니 로넌이 하는 얘기를 듣고 다들 깔깔대며 웃고 있었다.

"아무것도 안 챙겨가게?" 엄마가 놀라며 물었다.

"언제 이렇게 하신 거예요?" 헬렌은 얼음장 같은 목소리로 물었다.

디는 딸의 말투를 알아차렸다 한들 티를 내지 않았다.

"아, 지난 이 주 동안 했지. 너희 아빠가 얼마나 열심히 정리하셨는지 몰라."

"너희들 마음에 든다면 나도 뿌듯하다." 리엄은 헬렌이 보기에 바보 같은 미소를 지으며 말했다.

"하지만 왜 그러셨어요?" 헬렌은 냉랭한 눈빛으로 물었다.

"너희들이 가끔 자고 가고 싶어할 경우에 대비해서 방이 하나 더 있으면 좋겠다 싶었지." 디는 방 이야기를 하며 즐거워하는 눈치였다. "그리고 빨간색이랑 하얀색으로 꾸미면 환해 보이고 좋을 것 같았어."

"하지만 그 행거들은……?" 헬렌은 이게 다 무슨 일인지 전혀 알 수가 없었다.

"지금은 눈에 좀 거슬리겠지만 너희들 옷을 다 치우면 번듯한 방이 될 거야. 너희 아빠가 거울 주변에 조그만 전등이 달린 화장대를 만들 작정이고."

"저희들 옷이 언제 다 치워지는데요?" 헬렌은 계속 음산한 목소리로 물었다.

"너희들 집으로 들고 가야지." 디는 이해력이 아주 모자라는 사람에게 설명하는 투로 말했다.

"하지만 저희는 아직 집을 못 구했잖아요!" 헬렌은 도와달라는 뜻에서 앤서니를 노려보았다. 하지만 그 역시 영문을 모르는 눈치였다.

"제 소지품도 거기 있어요?" 앤서니가 물었다.

"응. 앤절라 방을 만들어주느라." 어머니가 말했다.

"친구들 아파트엔 그걸 다 넣을 공간이 없는데." 앤서니는 걱정했다.

"그럼 좀더 넓은 데로 집을 옮겨야겠네." 어머니가 말했다.

"하지만 무슨 수로 그 비용을 감당해요?"

"나가서 일을 하면 되지 않을까?" 디는 명랑하게 충고했다.

"로지의 소지품은요?" 로넌도 불안해했다.

"런던에서 돌아올 때쯤이면 어디로 갈지 마음을 정한 상태이지 않을까? 원래 이 집으로 돌아온 것 자체가 임시방편이었잖아."

"로지도 과연 그걸 알고 있을까 싶은데요." 로넌은 중얼거렸다.

"당연히 알고 있지. 아니면 자네가 런던에 간 김에 알려줘도 되고."

"저는 이 문제에 대해서는 입다물고 있을게요, 어머님. 의논해야 하는 다른 문제들이 워낙 많아서요."

"그래, 로넌. 자네가 어련히 잘 알아서 하겠지." 디는 그를 향해 미소를 지어 보였다.

왠지 모르겠지만 디는 점심식사가 아직 끝나지 않았다는 듯한 분위기를 풍겼다. 헬렌이 슬그머니 빠져나가 이 문제를 생각해보려던 찰나, 릴리가 낭랑한 종소리 같은 목소리로 말했다. "정말 맛있는 점심이었어요. 저희가 치울 테니까 두 분은 그냥 앉아 계세요."

디는 기뻐하며 그래주겠느냐고 했다. 그녀와 리엄은 커다란 의자에 얼른 앉았다. 로넌이 냄비와 오븐용 접시와 그 외의 기름기가 있는 것들을 맡았다. 두 간호사가 설거지를 도맡았으니 앤서니와 헬렌은 그릇의 물기를 닦는 일을 하게 됐다. 그들은 행주까지 빨아서 라디에이터 위에 널어놓았다.

앤서니는 침울한 표정으로 뒷방을 보러 갔다. 헬렌도 따라가 이 모든 것을 눈에 담고 놀라워하는 동생 옆에 섰다.

"두 분이 이러실 줄은 몰랐는데." 헬렌이 말했다.

"우리를 내쫓으려고 하시나봐." 앤서니가 말했다. "이게 다 무슨 일인지 모르겠어? 진짜로 우리를 우리집에서 내쫓으려 하고 있어!"

8장

다음날 아침 로넌은 비행기를 타고 런던으로 향했다. 회사에 이틀 휴가를 내느라 골치가 아팠다. 결국 상사에게 여차하다가는 결혼생활이 파탄 나게 생겼다고 말하는 수밖에 없었다.

"그런데 이틀 휴가 낸다고 도움이 되겠어?" 상사가 물었다.

"저도 잘 모르겠어요." 로넌은 실토했다. "하지만 왠지 도움이 될 것 같아요."

"자네가 자리를 비우고 해외에 다녀오는 건 회사로서는 꽤나 큰 손실이야." 상사는 계속 반신반의했지만 그래도 마지못해 허락했다. 로넌이 수요일 아침에 곧바로 복귀하는 조건이었다. "알겠나?"

"알겠습니다." 로넌은 동의했다.

일박 이일. 로넌은 이 시간 동안 일이 잘 풀리길 바랐다. 로지
는 그의 천생연분이었다. 그저 조금 신랄하고 결혼생활에 대한
환상이 있다는 게 문제일 뿐이었다. 밥벌이를 하지 않아도 된다
면 그 환상도 문제될 게 없겠지만……

로넌은 새벽 비행기에 탑승해 서류가방을 든 사업가들을 구경
했다. 여성 사업가도 몇 명 있었다. 파일을 검토하며 미팅이나 기
타 등등의 준비를 하고 있었다. 옷차림이 고급스럽고 용모가 단
정한 권력층이었다. 로넌은 그들의 자신감이 부러웠다. 그들이
라면 로지와의 이런 문제를 이 분 만에 해결할 수 있을 것이다.

그는 공항에서 지하철을 타고 런던 중심가로 이동해 점심 먹
기 괜찮은 곳을 찾아 나섰다. 로지가 오후 강의를 포기하고 그와
만나기로 했다. 종업원들이 땍땍거리고 접시를 휙휙 치워버리
는 곳이 아니라 로맨틱하고 근사한 곳을 찾아야 했다. 로넌은 로
맨틱하고 산책하기 좋다는 얘기를 들은 적 있는 코벤트가든으로
향했다. 덩굴식물로 덮인, 딱 알맞은 곳이 있었다. 메뉴판에 적
힌 가격이 눈에 들어왔다. 애피타이저 하나 가격이 그가 지금까
지 사먹은 그 어떤 음식의 이 인분보다 더 비쌌다. 그는 얼른 자
리를 떴다.

마침내 그가 감당 가능한 작은 이탈리안 레스토랑을 발견했다.

"제가 점심 약속이 있는데 식사 시간이 오래 걸릴 수도 있을 것 같아요." 로넌은 말했다.

"손님…… 선하신 하느님께서 시간을 만드셨을 때 여유롭게 만드셨잖습니까? 여유가 없다면 인생이 무슨 의미일까요? 계시고 싶은 만큼 계셔도 됩니다."

로넌은 멍하니 그 자리에 우뚝 섰다.

그거였다.

시간.

그들의 결혼생활에서 결핍됐던 건 *그거였다.* 그게 모든 문제의 원흉이었다. 그는 테이블을 예약하고 아내에게 전화했다.

"점심 먹을 만한 근사한 이탈리안 레스토랑을 찾았어." 그는 말했다.

"저녁에도 나가서 먹을 거야?" 로지가 물었다.

"그때 봐서 결정하지 뭐. 시간 많잖아. 생각해봤는데, 여유가 없다면 인생이 무슨 의미겠어?"

"당신, 사고방식이 좀 바뀌었네?" 로지가 말했다.

"한시 반에 만나." 로넌은 말했다.

앤서니가 로지에게 이런 문자를 보냈다.

나더러 점심 먹는 자리 어땠는지 알려달라고 했지? 묘했어. 그 말이 딱이야. 우리는 생일 파티에 초대받기라도 한 것처럼 선물을 준비해야 했어. 엄마가 릴리와 앤절라를 입양한 분위기였어. 그 둘이 엄마의 새로운 가족이야. 하지만 그게 다가 아니야. 엄마랑 아빠가 부엌 뒷방을 빨간색이랑 흰색으로 칠하고, 우리 중 누군가 하룻밤 자고 갈 경우에 대비해 침대를 놓고, 우리 옷은 행거랑 상자에 다 치웠더라고. 꼭 잘 꾸민 수화물 보관소 같았어. 얼른 돌아와줘, 누나. 누나라면 이게 다 무슨 일인지 파악할 수 있지 않을까?

앤서니

헬렌은 로지에게 이런 문자를 보냈다.

두 분 다 완전 제정신이 아니야. 지금 우리 옷이 전부 부엌 뒷방에 있어. 우리더러 '너희들 살 곳'을 찾으래. 우리가 살 곳은 이미 찾았고 거기가 그 집 아니었어? 두 분이 바뀐 이유가 뭘까? 아빠가 회사에서 잘렸기 때문일까? 아니면 엄마가 갱년기라서? 뭔지 몰라도 상황이 좋지 않아. 언니가 여기 있었으면 좋겠다. 언니라면 이해할 수 있을지도 모르는데.

헬렌

로지는 두 문자를 읽고 동생들이 자기라면 이 사태를 이해할지 모른다고 생각해서 기뻤지만 한편으론 그곳에 없는 걸 다행으로 여겼다. 로넌과 만나기로 한 것에 대해 엄마에게 얘기하고 싶었다. 엄마는 별말은 하지 않았지만 그래도 가만히 들어주었고 그러면 엄마가 들어주었다는 것만으로 어찌어찌 사태가 해결됐다.

엄마는 로지가 로넌을 떠난 이유를 이해하지 못했다. 예전에는 그를 사랑하지 않았느냐고, 언제부터 사랑하는 마음이 사라진 거냐고 했다. 그게 문제가 아니었다. 아무도 없는 저녁, 기진맥진해서 퇴근하는 로넌, 그리고 다림질 때문이었다. 전부 그 다림질 때문이었다.

엄마도 이해하지 못하고 로넌은 전혀 깨닫지 못하는데 무슨 수로 상황을 개선할 수 있었을까?

이제 엄마와 아빠가 이성을 잃은 모양이니 그녀에게도 돌아갈 집이 없었다.

디는 미스 메이슨의 아파트 청소를 마무리하고 있었다. 그녀는 손목시계를 확인하고 한숨을 쉬었다. 지금쯤 로넌과 로지가 만나서 점심을 먹고 있을 것이었다. 목청 대결이 될 가능성이 컸

다. 아니면 로지는 소리를 지르고 로넌은 어깨를 으쓱하며 그게 다 무슨 소린지 모르겠다고 할 것이다. 다른 여자를 만나고 다닌 것도 아니고 술을 마시거나 폭력을 쓰지도 않았는데, 자기가 그러기를 바라는 거냐며.

이 무슨 시간 낭비야. 디는 속으로 생각했다. 집을 키우고 가정을 일구어도 모자랄 청춘들이었다.

하지만 물론 가정을 일구는 것이 꽃길이기만 한 건 아니었다. 디는 언제든 가져갈 수 있도록 깔끔하게 정리된 자기들 옷을 보고 아들과 딸이 지은 표정을 목격했다. 그녀는 엄청난 죄책감을 느꼈고 그 생각을 하느라 밤잠을 설쳤다. 아이들을 집에서 떠나보내는 것 때문이 아니었다. 진작 그렇게 하지 않았던 것, 생활비를 부담하는 부분에 대해 서로 합의하지 않았던 것 때문이었다. 그게 그녀의 엄청난 실수였다.

예전으로 돌아갈 수 있다면 처음부터 분명하게 짚고 넘어갈 텐데.

갑작스럽게 원칙을 바꿔버렸으니 아이들에게 가혹한 처사였고 그래서 디는 마음이 안 좋았다. 그녀가 혼잣말을 중얼거리자 미스 메이슨이 뭐라는 거냐고 물었다.

"기도 비슷한 거예요."

"자네는 기도할 필요 없어. 릴리 말로는 이미 성인聖人이나 다름없다던데. 어제 점심 같이 먹는다더니 잘 안 됐나?"

"잘 끝났어요. 다들 재밌는 시간을 보낸 것 같지만 앤서니하고 헬렌은 살짝 충격을 받았죠."

"다음주 일요일에도 초대할 생각이야?"

"네. 소고기 먹을 거라고 얘기했어요. 하지만 그걸로는 부족한 것 같아요, 미스 메이슨."

"부족하다니?"

"애들을 내쫓은 걸 벌충하기에는요. 맞아요, 애들은 그렇게 생각해요. 자기들 집에서 쫓겨났다고. 아, 제가 다르게 대처했더라면 얼마나 좋았을까요. 사는 건 힘든 일이라고, 나가서 돈을 벌라고 했어야 하는 건데." 디는 몹시 속상해 보였다.

"아이구, 그럴 것 없어. 다 잘되고 있으니까 걱정은 그만하고 우리 계획의 다음 단계를 고민해야지. 리엄 일자리 찾는 거 말이야. 명함은 들고 왔지?"

디는 만들어놓은 명함을 건넸다. 리엄의 이름과 전화번호, 한 건축회사에서 장기 근무한 믿음직하고 유능한 전기기술자라는 소개가 적혀 있는 명함이었다. 이걸 보면 그가 악덕업자가 아니라 믿을 만한 사람이라는 걸 알 수 있을 것이었다. 적어도 그들의 바람은 그랬다.

"오늘 오후에 브리지 게임 하는 자리에서 얘기를 꺼낼게." 미

스 메이슨이 말했다. "그리고 내일 입주자 협의회에서도. 플러그
교체나 새로 산 텔레비전 세팅이 필요한 사람이 누구라도 있을지
모르니까."

"사모님은 정말 좋은 분이세요." 디는 진심을 담아 말했다.

"아냐, 사실 나는 좋은 사람이 아니라 억척같은 사람이고, 그
건 사는 데 많은 도움이 되지."

"하지만 저는 애들을 상대로 이기고 싶지 않아요." 디가 말했다.

"그럼, 그럼, 그러려고 시작한 일이 아니니까. 그래도 아이들
을 계속 지켜보면서 집에 들르면 따뜻하게 맞아주고 싶은 마음
은 진심이잖나. 우리가 일요일에 불러서 점심을 먹이자고 한 것
도 그 때문이고."

"그게 효과가 있었으면 좋겠네요." 디는 한숨을 쉬었다.

헬렌은 교무실에서 샌드위치를 먹었다. 마르코와 모드의 집에
는 항상 먹을 게 많았다. 살라미와 치즈와 롤빵을 챙기기만 하면
됐다. 그러면 점심값을 아낄 수 있었다.

휴대전화가 울렸다. 여행사였다. 계약서에 적힌 보험 조항에
따라 문제가 전부 해결됐고 헬렌은 곤경에서 벗어날 수 있었다.
그녀는 짊어지고 있던 무거운 짐을 내려놓은 느낌이었고 다시
제대로 숨을 쉴 수 있게 됐다.

헬렌은 이 느낌을 누군가에게 이야기하고 싶어서 입이 근질거렸다.

동료들에게는 한마디도 할 수 없었다. 그들은 애초에 아이들에게 수학여행이라는 지키지도 못할 약속을 한 것부터가 정신 나간 짓이라고 생각했다.

엄마와 아빠에게는 얘기하고 싶지 않았다. 두 분은 제대로 된 예금 계좌를 개설하고, 정신 차리고 대출을 받아서 집을 장만하라고 할 것이다.

하지만 나가서 자축 파티를 하려면 거기에 어울리는 의상이 필요했기 때문에 헬렌은 행거에 걸린 옷 중에서 하나를 꺼내 입으려고 세인트잘라스 크레센트로 출발했다. 적어도 엄마가 아직 열쇠는 돌려달라고 하지 않았다.

집 앞에 다다랐을 때 헬렌은 데클런 의사선생님의 부인인 피오나 캐럴을 만났다. 그녀도 간호사였고 누굴 만나든 반갑게 인사를 건넸다.

헬렌은 피오나의 삶이 궁금했다. 그녀는 병원에서 열심히 근무했다. 어린아이 둘이 있었고 게다가 남편은 하루종일 일만 했다. 하지만 피오나는 로지와 달리 그에 대해 불평하거나 투덜대지 않았다. 항상 행복해 보였고 오늘은 유아차에 탄 젖먹이와 옆에서 달리는 아이와 함께였다. 헬렌은 둘째가 아들인지 딸인지 기억이 나지 않았고 엉뚱한 이름으로 부르지 않게 조심해야 했다.

"안녕하세요, 헬렌." 피오나가 인사를 건넸다. "오랜만이네요. 친구들이랑 한집에서 지낸다고 어머님한테 얘기 들었어요."

"네, 뭐 그런 셈이에요." 헬렌은 말했다.

"그렇게 자유롭게 지내니까 좋죠?" 피오나는 물었다.

"맞아요, 어떤 면에서는요. 하지만 차이는 있네요."

"나도 알아요. 독립해서 살면 돈이 많이 들기도 하고요."

"음, 정말 그렇겠더라고요."

"방값으로 얼마를 내요?" 피오나가 궁금해하며 물었다.

"그게 얘기하기가 좀 그런데요." 헬렌은 얼버무렸다.

"미안해요, 내가 주제넘게 나서는 것처럼 느껴질 수 있겠다. 내 친구 바버러가 방을 하나 세놓으려는데 얼마를 받아야 할지 잘 모르겠다고 해서요."

"제가 지금은 손님처럼 지내고 있어서요." 헬렌은 불쑥 솔직하게 털어놓았다.

"아, 좋네요." 피오나는 놀란 눈치였다.

"피오나, 당신은 부모님과 같이 살았을 때 돈을 냈어요?" 헬렌은 물었다.

"아, 네. 취직한 뒤로는 당연히 매주 돈을 냈죠. 제 이름으로 통장을 만들어서 그 돈을 넣어주셨어요. 차곡차곡. 그걸 결혼식

날 주시더라고요. 내가 얼마나 펑펑 울었는지 몰라요."

"그리고 당신 친구 바버러도 집에 돈을 냈고요?"

"왜 그래요, 헬렌? 당연히 냈죠. 다들 그러잖아요."

"그렇죠. 그냥 확인차 물어본 거예요."

헬렌은 침울하게, 그들 삼남매는 생활비를 한푼도 보탠 적 없는 집으로 들어갔다.

로지와 로넌은 흐뭇하게 식당에 앉아서 점심시간을 맞아 바삐 지나가는 직장인과 관광객들을 구경했다. 그들은 시원한 화이트 와인을 마시고 파스타를 먹었다. 꼭 예전 같았다.

그들은 어떤 충돌도 없이 편안하게 대화를 나누었다.

"우리 부모님이 하얗게 칠했다는 부엌 뒷방 얘기 좀 해봐." 로지가 말했다.

"근사해, 진짜 방 같아. 당신 옷이 거기 행거에 전부 걸려 있어."

"차라리 거기 있는 게 나을 거야." 로지는 음울하게 중얼거렸다.

"두 분께 왜 전에는 거길 방치했었느냐고 여쭤봤어."

"그랬더니 뭐라셔?"

"전에는 그렇게 꾸밀 만한 형편이 안 됐대."

"그런데 지금은 무슨 수로 하셨대? 복권에라도 당첨이 되셨나?"

"그게 아니지, 로지. 처음으로 월세를 받으셨잖아. 덕분에 모든 게 극적으로 달라진 거야."

둘 사이에 잠깐 동안 정적이 흘렀다.

"잘 여쭤봤네." 로지가 떨떠름하게 말했다.

"어쩌면 당신이…… 아니, 우리가……"

"아무 말도 하지 마. 이미 늦었으니까." 로지는 말했다.

"너무 늦은 게 아니길 바랐는데." 그는 말했다.

"뭐라고?"

"내 셔츠는 내가 다려서 입을게. 일주일에 한 번이 됐든 매일 저녁이 됐든, 당신이 원하는 대로. 최소 이틀은 정시에 퇴근하고 거기에 또 이틀은 여덟시 전에 퇴근하겠다고 회사에 얘기할게."

로지는 말없이 로넌을 바라보았다.

"내가 무슨 잘못을 해서 당신이 그렇게 화를 내는지 잘은 모르겠어. 솔직히 그래. 내가 사랑한다고 하면 당신은 말뿐이라고 해. 사랑한다고 하지 않으면 나더러 냉정하고 감정이 없다고 하고. 우리가 처음 만났을 때 기억해? 그때는 당신이 나를 사랑했는데……"

"나도 알아." 로지는 조그맣게 말했다.

"내가 어긋난 걸 다시 바로잡을 수 있는 방법이 있을까?"

로지는 한참이라고 느껴지는 시간 동안 그를 쳐다보았다. 테이블 너머로 손을 내밀어 그의 양손을 잡았다.

"이미 바로잡았어. 런던에 볼일이 있다고 거짓말하고 회사에서 잘릴 위험을 감수해가면서까지 나를 만나러 와줬잖아."

로넌은 그래도 마음을 놓을 수가 없었다. 로지가 눈물을 글썽이며 미소를 짓고 있었지만 그게 무슨 뜻인지 모를 일이었다.

"그럼……?" 그는 말을 멈추고 기다렸다.

"집으로 돌아갈게, 로넌."

앤서니는 자평하길 무난한 성격이었지만 친구들과 같이 사는 집은 정말이지 너무 더러웠다. 욕조에는 시커멓게 때가 꼈고 부엌은 다 먹었거나 거의 다 먹은 포장용기로 넘쳐났다. 쓰레기 버리는 날을 수도 없이 놓쳤고 그러면 그 상태로 이 주 동안 지내야 했다.

앤서니는 집이 돼지우리로 변하지 않게 매주 화요일에 검은 봉지가 넘치도록 쓰레기를 치웠다. 그들은 좋은 친구들이었고 밤낮으로 음악이 흘렀다. 하지만 늦은 시간까지 담배를 피우고 술을 마시는 경우도 많았다.

그는 세인트잘라스 크레센트의 깨끗한 부엌을 떠올렸다. 지금 사는 데에 비하면 거기서 구운 양고기 같은 음식을 먹었던 건 고급 레스토랑에서 식사를 하는 것과 다름없었다. 게다가 그는 먹

고 마시는 것을 충당하느라 완전히 빈털터리가 되었다. 놀랍게
도 다른 친구들은 집에서 지냈을 때 돈을 냈다고 했다. 그는 한
번도 그런 적이 없었다. 그래서 그들이 엄마에게 쫓겨난 것일지
도 몰랐다.

앤서니는 일주일에 두 번, 밤에 술집에서 테이블 치우는 일을
했다. 제대로 된 수입은 아니었지만 어떤 대가를 치르기에는 충
분했다. 그게 문제였다면 말이다.

그는 생각을 정리해야 했다.

그런데 부엌에서 연기가 나고 있으니 생각이 잘 되지가 않았다.

헬렌은 파티용 원피스를 찾아서 챙겼고 엄마에게 일요일 점심
고마웠다고 다시 한번 인사하는 쪽지를 써서 식탁에 두었다. 그
런 다음 나가서 모드와 마르코의 집으로 들고 갈 샴페인을 한 병
샀다.

그녀는 현관문을 열자마자 파산을 면했다는 사실을 자축하고
싶다고 밝히며, 여기서 신세를 지는 동안 방세로 얼마를 내면 적
당하겠느냐고 물었다. 그 말이 떨어지기가 무섭게 그들도 축하
할 일이 있다고 했다. 모드의 쌍둥이 남동생 사이먼이 놀러왔다
는 것이었다.

그리고 그곳에 등장한 남자는 헬렌의 오래전 기억처럼 진지하

고 뻣뻣하지 않았다. 느긋하고 까무잡잡하고 게다가…… 근사했다.

"어머, 사이먼." 헬렌은 금방이라도 기절할 것 같은 기분을 느끼며 말했다.

"헬렌, 얼굴 좋아 보인다." 그는 그녀를 향해 웃으며 말했다.

모드와 마르코는 놀란 눈빛으로 서로 쳐다보았다.

이런 일이 벌어지다니. 사이먼에게 드디어 관심이 가는 여자가 생긴 것이다. 문제가 많고 인색한 세입자이기는 했지만 그래도 그녀는 여자였다.

9장

　이후로 모든 일이 아주 순식간에 진행됐다.

　디는 조시에게 비디오를 빠르게 돌리는 느낌이라고 했다. 사
람들이 노상 집안을 들락거렸다. 뭐가 어떻게 돌아가는지 파악
하는 게 불가능했다.

　로넌이 함박웃음을 지으며 런던에서 돌아와 뒷방 행거에 걸린
로지의 옷을 챙기기 시작했다. 디는 그가 상자에 담긴 로지의 신
발과 핸드백을 투명한 비닐봉지에 애지중지 담는 것을 지켜보았
다. 로넌은 디에게 다림질을 가르쳐달라고 하고는 디가 칼라를
어떤 식으로 놓아야 하는지 보여주는 동안 엄숙한 표정으로 주
시했다.

　"생각보다 복잡하네요." 그가 말했다.

디가 보기에는 생각보다 간단했지만 그녀는 현명하게 아무 말도 하지 않았다.

로넌은 맛있는 캐서롤을 만드는 법도 물어보았다. "퇴근 후에 로지와 부엌에서 오붓하게 시간을 보내고 싶어서요." 그가 말했다.

이번에도 디는 도대체 왜 그런 걸 알고 싶어하는지 궁금했지만 간단한 음식 몇 가지 만드는 법을 가르쳐주었다. 그는 주택 권리증이라도 받은 것처럼 고마워했다.

앤서니는 아주 더러운 아파트를 어떻게 청소하면 좋으냐고 조언을 청했다. 디는 자기가 가서 도와주겠다고 했지만 앤서니는 안 된다고, 그러면 애들이 계속 그래주길 바랄 거라고 했다. 그래서 디는 청소용품과 함께 세제와 살균제 목록을 적어주었다. 검은 봉지를 씌운 큼지막한 양동이 몇 개를 줄 세워두고 누가 뭘 맡을 건지 정하라고 충고했다.

"애들은 들은 척도 하지 않을 거예요, 엄마."

"그럼 집을 옮기는 건 언제?"

"저는 그애들이 좋아요, 엄마. 연주 실력이 엄청나거든요. 그냥 집 상태에 신경을 안 쓰는 것 같아서 그게 문제죠. 제가 어떻게 하면 좋을까요?"

"네가 어떻게 하면 될지 내가 아는 걸 이미 알려줬잖니. 딱 한

번만 청소하고 청소 당번을 정하면 걔들도 기꺼이 그 상태를 계속 유지할지 몰라."

"하지만 엄마……" 그는 말문을 열었다.

"나도 알아, 앤서니. 나도 알아, 걔들이 너한테 짜증을 낼 수도 있다는 거. 난리법석이 날 수도 있겠지, 현 상태를 유지하는 쪽이 훨씬 쉬우니까."

앤서니는 엄마가 이해한다는 것이 놀라웠다. 문득 그의 머릿속에 어떤 생각이 떠올랐다.

"우리가 다 같이 이 집에서 살았을 때 그런 식이었나요?" 그가 말했다.

"응, 비슷했지. 뭐하러 이것저것 건드리겠어? 쉽게 살 수만 있다면 뭐든 오케이지."

"그런데 뭣 때문에 그게 달라졌어요?"

"나도 잘 모르겠다. 뭐 하나 때문은 아니었어. 그냥 계속 이런 식이겠구나 하는 느낌이 들었다고 할까? 냉장고에 넣어둔 우유는 번번이 떨어지고, 어느 누구도 손 하나 까딱하지 않고, 어느 누구도 돈을 쓸 생각이 없고, 나는 날마다 억울해서 속이 점점 꼬여가고. 이러면 달라지지 않을까 하는 생각이 들었어. 사는 게 좀더 반짝거리지 않을까 하는."

"죄송해요, 엄마."

"아냐, 전부 내 잘못이었어. 그 친구들이 네 옆에서 지저분하게 살도록 내버려두면 그건 네 잘못이 돼. 내가 하고 싶은 말은 그뿐이다."

"냄비 태웠을 때는 어떻게 하는 게 제일 좋아요, 엄마?" 앤서니가 물었다.

"낮은 불에서 요리하고 불을 제때 꺼야지." 디가 말했다.

"그게 아니라 이미 냄비를 태웠을 때요." 앤서니가 슬픈 표정으로 말했다.

"철수세미로 문지르면 돼." 디는 말했다.

앤서니는 성스럽고 지혜로운 말씀이라도 듣는 듯 귀를 기울였다.

"엄마는 참 대단하세요." 그는 말했다.

"맞아." 디는 행복해하며 말했다. "내가 좀 대단하지."

헬렌이 옷을 전부 들고 돌아왔다.

"예전에 쓰던 방에 다시 들어가려는 건 아니에요, 엄마." 그녀는 당장 그 말부터 했다.

"그래, 물론 그렇겠지." 디는 말했다.

"하지만 허드렛방에 침대를 놓으셨다고 하셨잖아요."

"허드렛방이 아니라 뒷방." 디가 바로잡았다.

"네, 아무튼요. 우리가 오도 가도 못하게 되면 거기서 며칠 있어도 된다고 하셨잖아요."

"오도가도 못하게 됐니?" 디는 물었다.

"그게 아니라 모드하고 마르코가 집을 좀더 넓게 썼으면 해서요. 모드의 남동생 사이먼도 왔고요……"

"그래, 지난번에 얘기 들었어." 디가 말했다.

"그리고 사이먼한테…… 그 집에 얹혀사는 것처럼 보이고 싶지 않아서요."

"그래, 그렇지." 디는 진지하게 고개를 끄덕였다. "남의 집에 얹혀사는 것처럼 보이면 되겠니."

어머니의 말투를 듣자 헬렌은 어쩐지 어머니의 표정을 살피게 됐다. 표정에서는 아무 단서도 얻을 수 없었고 그래서 헬렌은 조금 불안해졌다.

"그러니까 여기 눌러앉겠다는 건 아니에요. 허드렛방에서 며칠 신세를 지겠다는 거지." 헬렌은 방어적으로 말했다.

"뒷방 말이지." 디는 기계적으로 바로잡았다.

"아…… 네, 뒷방이요." 헬렌이 말했다.

"그래서 그 방을 며칠 동안 쓸 건데?" 디의 말투는 나무랄 데 없이 점잖았고 심지어 친절했지만 시간 제한을 두겠다는 것처럼 들렸다.

"괜찮으시면 일주일 정도요."

"괜찮을 거야. 내가 너희 아빠한테 물어볼게."

"제가 여쭤볼게요." 헬렌이 말했다.

아빠는 창고에서 미스 메이슨과 같은 아파트 단지에 사는 어떤 주민에게 큰 의미가 있는 오래된 라디오를 수리하는 중이었다. 그는 고개를 들었다가 헬렌을 보고는 반가워했다.

"어서 와라. 꼬맹이 괴물들은 어떻게 지내니?"

"괴물이 아니라 대단한 애들이에요, 아빠. 상상력과 꿈과 희망이 얼마나 넘쳐나는데요. 저는 우리 아이들을 사랑해요."

"너는 애들 얘기만 나오면 참 놀라워지더라." 리엄 놀런은 진심으로 감탄하는 투였다. "사람이 달라져."

"어떤 식으로요?" 헬렌은 궁금했다.

"글쎄, 뭐랄까, 원래는 돈이나 다른 것들에 대해 안달하고 투덜거리잖니."

"그야 이렇다 할 만한 돈이 없으니까 그렇죠."

"우리 모두 이렇다 할 만한 돈이 없지만 그걸 가지고 계속 구시렁대지 않고 그럭저럭 꾸려가잖니."

헬렌은 멍해졌다.

그녀가 그걸 가지고 계속 구시렁댔던가? 아니다, 당연히 그런 적 없었다. 여행사와의 문제 때문에 그랬을 뿐이다.

그러다 얼마 전에 마르코가 돈 얘기를 꺼내자 모드가 어떤 식으로 화제를 돌렸는지가 떠올랐다.

로지와 앤서니가 그녀를 짠순이라고 몰아붙일 때가 종종 있었지만 그건 가족끼리 하는 농담이었다.

학교에서는 동료들과 함께 나가서 파스타를 먹지 않고 샌드위치를 먹는다고 놀림을 받았다.

하지만 세입자가 없어지면 모드와 마르코가 아쉬워할 거라고 사이먼이 말하던 게 떠오르자 헬렌은 움찔했다. 그는 그녀가 방값을 내는 줄 알았을 것이다.

사이먼이 어쩌면 진실을 알게 됐을지도 모른다는 생각이 들자 그녀는 얼굴과 목이 벌게지는 느낌이었다.

"네, 무슨 뜻에서 하는 말씀인지 알겠어요." 헬렌은 슬픈 목소리로 아버지에게 말했다.

"중요한 문제는 아니다, 헬렌." 그는 언제나 모든 종류의 긴장감을 싫어했다. "그건 다 뭘 몰랐던 예전 얘기지. 이제는 너희들 모두 살림을 꾸려나가려면 돈이 얼마나 필요한지, 가엾은 너희 엄마가 우리를 위해 희생하느라 얼마나 고생했는지 알잖니."

"네, 맞아요. 그리고 아빠, 앞으로 일주일 동안 허드렛방, 그러니까 뒷방에서 신세를 좀 질 수 있을까 여쭤보고 싶은데요……"

"그건 너희 엄마한테 물어보렴." 그가 말했다.

"엄마는 아빠한테 먼저 여쭤보라고 하시던데요." 헬렌은 기대에 찬 눈빛으로 그를 바라보았다.

"글쎄, 잘 모르겠네. 나는 돈이랑 숫자 쪽으로 젬병이라. 하지만 뒷방 임대료를 제대로 된 방만큼 받으면 안 되겠지. 릴리와 앤절라가 내는 액수의 반만 받으면 어떨까? 그 정도면 괜찮겠니? 그 정도면 적당할까?"

헬렌은 침을 꿀꺽 삼켰다. 허드렛방에서 지내는데도 돈을 내야한단 말인가. 세상이 미쳐 돌아가고 있었다! 하지만 그녀는 지낼 만한 곳을 찾아야 했다. 그것도 당장.

"그럼요, 아빠. 딱 적당해요." 헬렌은 간신히 대답하고는 아버지가 다시 오래된 라디오에 몰두하도록 해드렸다.

로넌은 저녁 식탁을 꽃으로 장식하고, 오븐에 넣을 수 있게 캐서롤을 준비하고, 샐러드는 이미 완성해서 냉장고에 넣어두었다. 로지의 원피스는 모두 다려서 얼마나 주름 하나 없이 매끈한지 그녀가 볼 수 있게 얌전히 방에 걸어놓았다. 그런 다음 공항으로 갔다.

로넌은 할말을 준비해놓았지만 로지가 달려와 품에 안기자 모두 잊어버렸다.

"집으로 돌아온 걸 환영해." 그가 한 말은 이게 전부였다.

앤서니의 집에서는 뮤지션들이 놀란 눈으로 부엌을 빤히 바라보고 있었다. 다들 집을 제대로 찾아온 게 맞는지 두 눈을 의심했다.

부엌이 반짝거렸고 커다란 쓰레기통은 깨끗하게 봉지를 뒤집어쓴 채 쓰레기를 기다리고 있었다. 그릇과 유리잔은 씻겨서 치워졌다. 싱크대 상판이 반질반질했고 위에 아무것도 없었다. 개수대도 텅 빈 채로 반짝거렸다.

가장 무시무시했던 건 클립보드였다. 이 집에는 네 명이 살고 있기에 날마다 할일을 정해야 했다. 논의가 필요했다.

앤서니는 충격을 줄일 수 있도록 피시 앤드 칩스를 배달시켰고 각자 얼마씩 내면 되는지 계산해놓았다고 말했다.

처음에 그들은 저항했다. 이제 보니 앤서니가 자기들 엄마보다 더 심하다고 했다.

그러다 그게 얼마나 현명한 선택인지 알아차렸다. 집이 이렇게 근사하면 여자를 초대할 수도 있겠다고 입을 모았다.

이렇게 계약이 성사됐다.

"보고 싶을 거야." 마르코가 헬렌에게 말했다.

"내가 여기서 지낸 비용을 정산했으면 좋겠어." 헬렌이 말했다. 그녀는 겁에 질린 티를 내지 않으려고 애썼다. 돈은 내지 않아도 된다고 말해주길 너무 간절히 바라거나 사정하는 것처럼 보이지 않길 바랐다.

"어디 보자. 사 주였지?" 마르코가 말했다.

"하지만 친구 할인이 들어가야지." 모드가 주장했다. "정식으로 다 받는 게 아니라 몇몇 비용만 충당하는 정도면 충분해."

그들은 금액을 결정했다.

사 주 동안 먹고 잔 것치고는 아주 저렴했지만 헬렌처럼 돈을 낼 생각이 없었던 사람의 기준에서는 제법 큰 금액이었다. 그녀는 아무렇지 않은 듯 웃으며 재잘거렸다. 잠시 후에 사이먼이 들어와 세인트잘라스 크레센트까지 짐을 나르는 걸 도와주겠다고 했다.

"거긴 그냥 잠깐 가 있는 거야." 헬렌이 말했다.

"나도 알아. 체스트닛 코트에 아파트를 얻지 그래? 그 동네 아주 좋은데." 사이먼이 말했다.

"거긴 엄청 비싸잖아." 헬렌은 자기도 모르게 이 말을 내뱉고 말았다.

"흠, 둘이 나눠서 내면 그렇게 비싸지 않을지도 몰라." 사이먼이 말했다.

"둘이?"

"뭐, 나도 마르코와 모드의 집에 영원히 빌붙어 지낼 수는 없으니까. 나도 독립해야 하거든. 우리 둘이 같이 경험해보는 것도 괜찮을 것 같은데. 어떻게 생각해?"

"정말 좋은 생각인데?" 헬렌은 활짝 웃으며 말했다.

디는 사이먼을 아주 반갑게 맞이했다. 두 사람은 이 동네에 사는 사이먼의 할머니 리지와 세상을 떠나 동네 주민들에게 엄청난 상심을 남겼던 그의 할아버지 머티 얘기를 나눴다. 주인보다 몇 시간 전에 죽은 충직했던 반려견 후브스도 추억했다.

헬렌은 두 사람이 여유롭고 편안하게 마음이 잘 맞는다는 것을 알아차렸다. 헬렌이 어머니와 함께 있을 때 느끼는 긴장감이 없었다. 하지만 두 사람의 대화에 집중할 수는 없었다.

사이먼이 그녀에게 한집에서 같이 살자고 했다.

오, 놀라워라.

이십오 주년 결혼기념일이 다가왔을 무렵에는 모든 게 자리가 잡혔다.

로지는 더블린에서 가장 행복한 유부녀였다. 그녀와 로넌은 매주 일요일에 세인트잘라스 크레센트로 찾아와 점심식사를 했다. 요즘은 헬렌과 깊은 사이로 발전한 사이먼과, 앤서니가 홀딱

반한 색소폰 연주자 바벳이 그 자리에 함께했다.

이제는 아무도 뒷방을 쓰지 않았기 때문에 릴리와 앤절라가 또다른 간호사를 그 방에 영입했다. 들어오는 월세 수입이 상당했다. 모두 우체국에 신중히 맡겨놓았다가 시칠리아로 휴가를 떠날 때 쓸 예정이었다.

하지만 먼저 파티를 열어야 했다.

파티가 열린 곳은 마르코의 아버지가 운영하는 엔니오스였다. 여러 사람이 참석했다. 미스 메이슨은 당연히 왔고 조시와 해리, 그리고 세인트잘라스 크레센트 주민 절반이 한자리에 모였다. 앤서니의 여자친구 바벳은 고딕풍 의상을 입었다.

리엄과 디는 마땅히 연설을 해야 했다. 다들 두 사람을 위해 건배하며 평생 모든 걸 올바르게 해낸 환상적인 커플이라고 했다.

그건 사실이 아니었지만 파티에서 축하를 하는 와중에 어려웠던 시기나 그들이 저질렀던 실수와 잘못된 선택에 대해 듣고 싶어할 사람은 없었다.

그들은 그동안 살아온 인생과 세 아이를 낳고 기른 즐거움에 대해 간단히 이야기했다. 행복한 가정이었지만 모든 가정에서처럼, 때가 되면 낙엽이 떨어지듯 아이들이 집을 떠나 자기들만의 삶을 시작했고, 그것이 그들에게 엄청난 행복을 선사했다고.

삼남매도 그들처럼 행복하게 살 수 있기를 바랄 따름이라고.

사람들 사이에 서 있던 로지와 헬렌과 앤서니는 어안이 벙벙했다. 엄마와 아빠가 무슨 소리를 하는 건지 알 수가 없었다. 때가 되면 낙엽이 떨어지듯 아이들이 집을 떠났다고? 그들의 기억으로는 그렇지 않았다.

그 시간들은 갑작스럽고 충격적이고 심란했다. 엄마와 아빠는 허드렛방에 페인트를 칠하고 삼남매의 옷을 모조리 거기로 옮겼다. 그들이 집에 찾아가는 건 일요일 점심으로 제한되다시피 했다. 그들의 집인 줄 알았던 곳에서 방값이라는 말이 나왔다.

하지만 따지고 보면 그게 무슨 상관일까?

부모님은 행복한 얼굴로 웃고 있었다. 두 분은 실제로 '때가 되면 낙엽이 떨어지듯' 모든 일이 일어났다고 믿고 있었다. 내일이면 두 분은 이 주 동안 시칠리아 여행을 다녀올 것이었다.

잔을 들고, 두 분의 건강을 위하여.

어쩌면 모든 게 잘되려고 그런 건지 몰랐다.

지금도, 앞으로도, 집안 가득 북적거리던 가족들이 갑작스럽게 흩어진 것에 대해서는 함구하기로 하자. 어쩌면 낙엽을 떨어뜨리느라 바람의 도움이 살짝 필요했던 건지도 모른다.

그뿐이었을 것이다.

옮긴이 **이은선**

연세대학교 중어중문학과와 같은 학교 국제대학원 동아시아학과를 졸업했다. 출판사 편집자, 저작권 담당자를 거쳐 전문 번역가로 활동중이다. 옮긴 책으로 『올해는 다른 크리스마스』 『더 체스트넛맨』 『세상의 한 조각』 『고아 열차』 『주황은 고통, 파랑은 광기』 『다이어트랜드』 『딸에게 보내는 편지』 『엄마, 나 그리고 엄마』 『사라의 열쇠』 『키르케』 『먹을 수 있는 여자』 『그레이스』 『초크맨』 『미스터 메르세데스』 『맥파이 살인 사건』 『할머니가 미안하다고 전해달랬어요』 『베어타운』 등이 있다.

문학동네 세계문학

풀하우스

초판 인쇄 2022년 8월 16일 | 초판 발행 2022년 9월 5일

지은이 메이브 빈치 | 옮긴이 이은선
기획 이현자 | 책임편집 박효정 | 편집 윤정민 이현자
디자인 신선아 이원경 | 저작권 박지영 형소진 이영은 김하림
마케팅 정민호 이숙재 박치우 한민아 이민경 박지영 안남영 김수현 정경주
브랜딩 함유지 함근아 김희숙 박민재 박진희 정승민
제작 강신은 김동욱 임현식 | 제작처 더블비(인쇄) 신안문화사(제본)

펴낸곳 (주)문학동네 | 펴낸이 김소영
출판등록 1993년 10월 22일 제2003-000045호
주소 10881 경기도 파주시 회동길 210
전자우편 editor@munhak.com | 대표전화 031) 955-8888 | 팩스 031) 955-8855
문의전화 031) 955-3578(마케팅) 031) 955-2685(편집)
문학동네카페 http://cafe.naver.com/mhdn
인스타그램 @munhakdongne | 트위터 @munhakdongne
북클럽문학동네 http://bookclubmunhak.com

ISBN 978-89-546-8820-8 03840

잘못된 책은 구입하신 서점에서 교환해드립니다.
기타 교환 문의 031) 955-2661, 3580

www.munhak.com